하고 싶은 말이 많고요, 구릅니다

# 하고 싶은 말이 많고요, 구립니다

휠체어 위의 유튜-바,
'구르님'의 유쾌하고 뾰족한 말 걸기

김지우 지음

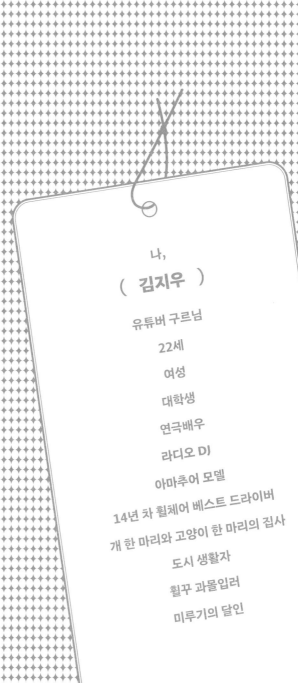

나,

( **김지우** )

유튜버 구르님

22세

여성

대학생

연극배우

라디오 DJ

아마추어 모델

14년 차 휠체어 베스트 드라이버

개 한 마리와 고양이 한 마리의 집사

도시 생활자

휠꾸 과몰입러

미루기의 달인

2017년, 〈굴러라 구르님〉이라는 유튜브 채널을 개설한 뒤 지금까지 많은 기회를 얻었고, 많은 이름으로 불리며 많은 공간에 갔다. 또 많은 사람을 만나 많은 말을 했다. 내 이야기가 평생 기록으로 남으리라는 것이 무서우면서도, 시간이 바래도 살아남은 이야기들이 이어져 많은 이에게 가닿는 것을 보는 게 기뻤다. 나와 닮은 사람들을 만나서 이제까지 내가 조금 외로웠다는 것을 깨닫는 순간이 좋았다. 그래서 이야기하는 것을 두려워하면서도 멈출 수 없었다. 이 책은 아마 그 마음의 집대성이 아닐까.

책은 '나'의 이야기를 하자는 작은 마음에서 만들어지기 시작했다. '나'라는 것은 무엇일까. 나에 대해 쓰기 시작하니 자꾸만 내가 아닌 다른 이들의 이름이 툭툭 튀어나왔다. 한 번도 떨어져본 적 없는 현미와 태균, 지원의 이름이나 내가 사랑하는 여자들의 이름, 스쳐간 친구와 선생님의 이름, 진한 연을 이어온 민지, 주영, 유정…….

　나에 대해 '나'로만 이야기할 수 있는 것은 거의 없었다. 이름을 떠올리고 나니 나를 이루는 그 모든 사람과 함께 거쳐 온 장벽과 구조가 따라왔다. 그것들에 조금씩 상처받고 또 화 내면서 단단해졌던 순간이 한 스푼씩 모여 나를 이루고 있었 다. 그래서 이 책은 나의 이야기이면서 나와 닮거나 닮지 않은 몸을 가진 사람들의 이야기, 그리고 사회의 이야기가 가득한 책이다. 어쩌면 이 책을 읽고 있는 당신의 이야기도 한 방울 들 어갔을 것이다.

　활동하다 보면 이런 질문을 자주 받는다. "장애인 대표로 서 어떤 마음으로 활동하고 있나?"라고. 나는 그 질문에 늘 당 황하고 만다. 대표 자리에 올라가본 적도, 그럴 마음도 없는데 자꾸만 누군가는 나를 그 자리에 앉혀버리곤 한다. '대표'의 자 리에 쉽게 올려지는 것은 대단한 권리인 동시에, 사회적 소수 자에겐 그 자체로 소수자성을 재확인시키는 일이기도 하다. 평 범한 이야기를 했을 뿐임에도 사회에서 잘 들리지 않는 이야 기라는 이유로(그것은 대부분 듣지 못했다고 생각하는 사람이 또는 사회가 관심을 기울이지 않은 것뿐이다) 대단한 용기를 가진 대표 의 말하기가 되는 것이다.

　그것이 말하기를 멈추게 할 때도 있지만, 그렇기에 힘을 내어 다시 말하기를 결심하게 만들기도 한다. 더 많은 이야기가 등장해서 어느 하나를 대표로 꼽을 수 없도록, 그저 와글와글한 말 가운데 하나로 보이고 싶어서다. 말하기를 멈추고 싶은 순간과 힘을 내어 쓰고 싶은 순간 사이에서 글을 썼다. 이책은 더는 앞장선 이로 말하고 싶지 않아서 쓴 책이다. 확정적인 답이 내려진 어떤 선언을 하는 것보다는 공백을 어떻게든 채우려고 아무 말이나 내뱉는 것이 재능에 맞았다.

이 이야기는 대부분의 순간 운이 좋아서 어떻게든 우당탕탕 살아온 사람의 이야기다. 글을 읽다가 자꾸만 울고 싶거나 성찰하고 싶다면 책을 덮고 잠깐 산책을 하는 것을 추천한다. 내가 개그를 해본답시고 쓴 건데 재미가 없거나(그렇다면 사과한다) 아니면 이제까지 '대표'의 글을 소화하는 방식에 익숙해져서 사회적인 관념이 자꾸만 당신의 눈물샘을 자극하는 것일 테니까. 누군가를 일깨우거나 반성하게 만드는 역할에는 이제 신물이 난다. 많은 이가 편안한 마음으로, 흐트러진 자세를 고쳐 앉지 않고 책갈피 사이로 들어오길 희망한다.

2022년 6월
김지우

# 1

함께 사는 법을
관찰하는 존재들

# 나와 다른 몸과 살기

누군가를 사랑하는 것은 그이의 죽음을 걱정하는 일과 같다. 작은 몸뚱이에 털이 부숭부숭 난 생명이 가족이 되었을 때 그것을 처음 알았다. 함께 잠을 잘 때는 자다가 그 애를 깔아뭉개지는 않을지 걱정하고, 뭔가를 먹일 때는 그 애의 몸에 나쁜 건 아닐지 검색하는 일이 일상이 되었다. 나는 필연적으로 다가올 그 애가 없는 미래를 상상하는 것만으로도 괴로웠다.

어디에든 제 몸을 끼워 넣는 둘째를 만났을 때는 더 그랬다. 휠체어 바퀴 사이에 목을 들이미는 것을 보고 나는 새하얗게 질릴 수밖에 없었다. 그리고 종종 바퀴에 그 애의 목이 끼는 상상을 하며 몸서리쳤다. 집에서 휠체어를 운전하기 전에는 밑을 확인하는 습관이 생겼다. 나는 내 개와 고양이의 죽음을 떠올리는 것이 익숙해졌다. 죽길 바라서가 아니라, 내 곁에 머물고 있다는 것을 계속해서 상기하기 위해서였다. 사랑한다는 말이다.

처음으로 누군가의 죽음을 걱정해본 건 언제였을까? 이 질문을 떠올릴 때면 병실 침대에 앉아있던 일곱 살로 돌아간다. 내 곁에는 나의 엄마, 현미가 있다. 현미가 아팠던 순간이냐고? 아니, 병원에 입원하는 건 늘 나였다. 나는 1년의 절반 이상을 병원에서 생활했으므로, 현미는 늘 나와 함께 입원하는 존재였다.

내 침대 옆 보조 침대가 현미의 자리였다. 그곳에서 현미는 곧잘 아침을 컵라면으로 해결했다. 삼양라면이나 새우탕 따위를 먹는 현미의 등을 보면서, '이러다 엄마가 죽으면 어떡하지?'라는 생각을 했다. 이것이 죽음에 대한 내 첫 번째 생각이었다. 그러니까, 첫 번째로 사랑하게 된 존재는 현미다.

여덟 살 때 엄마가 둘이 되는 악몽을 꾼 적이 있다. 조금 더 무섭게 생긴 현미가 꼭 한 명의 엄마만 골라야 한다며 나를 윽박질렀다. 고르고 나면 한 명은 평생 다신 만날 수 없다고 했다. 나는 이 끔찍한 상황에 망설이다가 조금 더 온화하게 생긴 현미에게 내 목요일 치료 스케줄을 물어봤다. 현미는 입력하면 출력되는 로봇처럼 스케줄을 줄줄 읊었다. '아, 이 사람이 내 엄마구나!' 하고 깨달으며 잠에서 깼다. 진짜 엄마를 알아보는 방법이 치료 스케줄을 물어보는 거였다니, 우스운 일이다.

나에 대해 말하는 거 말고 현미를 설명할 방법은 없을까?

현미에 대한 글을 쓸 때면 '엄마'가 아닌 현미에 대해서는 아는 게 하나도 없다는 것을 실감한다. 김현미의 인생에서 김지우를 떼어내서 보고 싶은데, 나는 자꾸만 현미와의 거리두기에 실패한다.

노트북 앞에서 앉은 자세를 다시 고쳐잡고 내가 아는 '현미'의 이야기를 써본다. 현미는 2남 4녀 중 가장 늦둥이로 태어났다. 어릴 때는 서울의 단칸방에서 여덟 식구가 살던 때도 있었다고 했다. "너 단칸방이 뭔 줄 알아?" 하고 현미가 물었을 때, "원룸?"이라고 대답하자 현미는 원룸은 무슨 원룸이냐고 어이없다는 듯 깔깔 웃었다. 넌 아마 모를 거라는 듯이.

내가 상상하지 못하는 그곳에서 자란 현미는 빨리 돈을 모아야 했다. 고등학교를 졸업하고는 바로 취직해서 착실하게 돈을 모았다. 현미는 꽤 크고 안정적인 회사에 다녔지만, 고졸과 대졸 직원의 임금 차가 너무 나 대학에 가고 싶었다고 한다. 차이 나는 임금을 받으면서도 부모님께 용돈도 꼬박꼬박 드렸다. 용돈을 받아서 쓰는 것도 모자라 저금해둔 돈을 야금야금 쓰고 있는 스물두 살의 지우에게 스물한 살의 현미는 다른 세계 사람인 것만 같다.

나의 아빠인 태균과 다르게 현미는 인기가 많았다. 교회 오빠랑도 사귀어보고, 사내 연애도 해봤다고 한다. 애인에게

받은 가장 최악의 선물은 사람만큼 커다랗고 까만 고릴라 인형이었다고 말하며 현미는 웃었다. 그러다 20대 중반에 태균을 소개받아 3년을 연애하다가 결혼했다. 대학원생이라 아무것도 없었던 태균을 직장인인 자신이 먹여주고 재워줬다며, 그땐 너무 순진했다고 현미는 늘 덧붙인다. 그런 것 같긴 하다. 순수와는 거리가 먼 스물두 살 김지우는 나와 생판 남인 남자를 보살필 생각이 추호도 없으니 말이다.

얼마 지나지 않아 내가 생겼다. 현미는 회사에 육아 휴직계를 냈다. 그리고 다시는 복직하지 못했다. 내게 장애가 있다는 것을 안 순간, 현미는 직장에 돌아가지 못할 것을 알았다. 그가 생활하는 곳도, 밥을 먹는 곳도, 잠이 드는 곳도 모두 내게 맞춰지기 시작했다. 내가 병원에 입원하면, 현미는 병실에 우리의 물품들을 꾸려놓고, 병원식을 먹고, 보조 침대에서 잠들며 살았다.

그때의 현미는 당장 해야 할 일이 무엇인지 알고 행동하는 생활력 있는 사람이자 쉽게 슬픔이나 공포에 휩싸이지 않는 사람이었다. 내가 장애를 가지게 된 것을 안 이후, 현미는 사흘만 내리 울고 해야 할 것을 찾아 분주히 움직였다고 한다. 나는 11개월 때부터 운동을 시작했고, 현미는 늘 나와 함께했다.

현미는 나의 입원-치료 메이트였다. 현미에게 내가 다녔던 병원을 물어보면 전국의 복지관, 치료 센터의 이름이 줄줄이 나온다. 물리치료나 작업치료는 물론이고 승마치료, 수치료*, 감각치료, 통합치료, 미술치료, 음악치료 등 다양한 분야의 합성어들이 쏟아진다.

현미는 어떤 아이가 조금이라도 '나아'**졌다는 소식을 들으면 그 어디라도 찾아 나섰다. 악착같이 30분이라도 더 운동을 시켜보려고 3~5년은 기본으로 기다려야 하는 집중 치료

---

\* 물속에서 하는 재활치료. 부력이 있어서 그냥 바닥에서 운동할 때보다 자유롭게 움직일 수 있다. 일례로 일곱 살의 나는 땅 위에서는 걷지 못했지만 물속에서는 걸을 수 있었다.

\*\* 장애는 완치될 수 있는 무언가가 아닌데, 어떻게 '나아'질 수 있을까? 장애가 있는 아이가 '나아진다'는 말은, 종종 '비장애인과 비슷해진다'는 욕망을 함축할 때가 있다. 내가 가지고 있는 장애에서 '나아짐'이라 함은 '걷게 됨'이었다. 내가 받은 여러 치료의 목적이 '조금 더 예쁘게 걷기, 오래 서 있기'에 맞춰져 있던 것처럼. 그때 현미와 나에겐 그것이 가장 큰 목표였다. 한 발자국 더 걸으면, 조금 더 예쁘게 서 있을 수 있게 되면 그것보다 기쁜 게 없었다. 지금은 조금이라도 고통을 덜고, 내 몸을 좀 더 오래 쓸 수 있도록 치료를 받는다. 걷지 않아도 잘 살아갈 수 있는 방법을 연습한다.

센터 대기자 명단에 이름을 올려두는 것은 물론이고, 다양한 치료를 시도할 수 있는 곳을 찾아다니며 현미는 고군분투했다. 집에 돌아와서도 운동은 끝나지 않았다. 현미는 치료 과정을 전부 카메라에 담아 나와 함께 집에서 그를 복습했다. 하기 싫어서 엉엉 울어도 소용없었다. 그때의 현미에게는, 내가 '좋아지는 것'이 인생에서 가장 큰 목표인 것처럼 보였다.

그렇게 현미는 서른의 시작부터 마흔을 훌쩍 넘어서까지 같은 목표를 가지고 살았다. 그런 현미에게 언젠가 나는 '좋아지는 것'을 그만두겠다고 했다. '더는 걷지 않아도 된다'는 말이었다. 오랜 시간 내 몸과 마주한 끝에 내린 결론이었다. 내가 걸음을 연습하는 것보다, 걷지 않고도 잘 살아갈 수 있는 환경이 만들어지는 게 우선이라고 느꼈다. 이미 60대의 그것이 된 관절을 희생하면서까지 노력하고 몸을 바꿔가며 혼자 걷게 되는 건 의미가 없다는 생각에서였다. 현미는 그게 무슨 말이냐고 했다. 조금이라도 걸어야 하지 않겠냐고, 나중에 엄마가 없으면 어떻게 하려고 그러냐고 조금 화를 냈다.

현미가 밉지는 않았다. 현미와 나는 평생을 붙어 살았지만, 아마 더 시간이 흐르더라도 서로를 완전히 이해하지는 못할 것이다. 처음부터 우리는 다른 몸을 가지고 자랐으니까. 어쩌면 나의 선언은 이제까지 이어온 현미의 노력을 무산하는 것처럼 느껴졌을 수도 있겠다. 하지만 난 정말 더는 걷지 않아도 된다고 생각했다. 두 다리로 서 있는 것보다 휠체어에 앉아 있을 때 해낼 수 있는 것이 더 많아졌기 때문이다. 이제는 '비장애인 되기'에서 벗어나 어떻게 '살아갈지' 고민하며 운동하고 싶었다.

현미는 화도 냈다가, 휠체어 없이 걷는 방법을 고민하기도 했다가, 또 어느 날은 이해한다고 했다가, 걷다가 넘어져 심하게 다친 나를 주물러주기도 하면서 시간을 보냈다. 여전히 현미는 내가 완전히 걷지 못하게 될까 봐 걱정하고, 정형외과에서 추천한 '무릎뼈를 돌려 발목을 맞추는 수술'을 하면 좋겠다고 말하곤 한다. 하지만 전처럼 '예쁘게 걷는 지우', '남들과 발맞춰 걷는 지우'를 바라지는 않는다. 운동을 권할 때도 "더 많이 걸어야지"가 아닌 "앞으로 살아가려면 이 정도는 준비해야지"로 전략을 바꿨다.

나는 이제 집에서도 휠체어를 타지만, 다리의 근육이 줄어들지 않도록 현미의 손을 잡고 집 안을 걸으며 운동하기도 한다. 무릎이 비명을 지르기 전 단계까지만 무릎을 굽혔다 폈다 하는 운동도 가끔 한다. 다른 몸과 삶의 맥락을 가지고 있는 우리가 서로를 대하는 방식은 이렇다. 전부 읽어낼 수는 없지만, 어떨 때는 오독하고 또 어떨 때는 첨삭을 받으면서 그리고 그걸 다시 인용해오면서 서로의 삶을 다시 쓰고 있다.

'인용'이라는 말을 쓰다 보니 의식하지 못한 채 현미의 페이지에서 인용해온 한 문장이 떠오른다. 그날은 흔하디 흔한 동네 피시방에서 입장을 거부당한 날이었다. 애인과 함께 게임을 즐기려고 했을 뿐인데, 피시방 주인은 입구에서부터 손을 저으며 나를 밖으로 밀어냈다. 피시방에는 초등학생이 있고, 그 애들이 뛸 수 있고, 그러면 너무 위험(?)하다는 이유에서였다.

다시 말하지만, 이곳은 용암이 흘러넘치는 화산 지대도 아니고 금방이라도 무너질 것 같은 절벽도 아니다. 그냥 동네에 두세 개씩 있는 평범하기 짝이 없는 피시방일 뿐이다. 너무 밋밋해서 김이 샐 정도의 그런 곳. 그렇게 김새는 곳에 입장하려다 어이없게 난관을 겪는 깜짝 이벤트는 데이트 계획에 없었다.

턱, 하고 말문이 막혔다.

정말 '위험'한 곳이었으면 이래 봬도 난 어느 정도까지 몸의 기능을 조절할 수 있고, 내 휠체어는 급발진할 일이 없으며, 10년 차 무사고 베스트 드라이버라고 어필이라도 해봤을 것이다. 하지만 예상치 못한 상황에 미처 참신한 대응 매뉴얼이 떠오르지 않았다. 전 애인과 함께 있었기에 더 그랬다. 나와 달리 비장애인인 그는 이런 유의 '거부'에 익숙하지 않을 것이므로, 나는 악쓰며 싸우기보다 지성인인 양 돌아서는 길을 택했다. 당황스러웠고, 애인 앞에서 험한 모습을 보이고 싶지는 않았으니까. 그리고 비장애인 남성으로 살아오며 세상에서 거부당한 경험이 기의 없을 저 순진한 어린 양을 염려했기 때문이다. 차별받는 것에 익숙하지 않은 이들은 대체로 여리니까, 억압받는 이의 관용이라고나 할까.

"아, 진짜 빡친다. 한 대 칠 뻔했네."

괜스레 허세를 부리면서 다른 놀거리를 찾아 나서는데 입에서 튀어나오는 말에 갑자기 기시감을 느꼈다. 처음 뱉어본 말이 아닌 것 같았다. 그렇다고 여러 번 말해본 문장도 아니었다. '뭐지?' 하고 잠시 머리를 굴리는데, 문득 10여 년 전의 기억이 떠올랐다. 이 문장은 내 것이 아니라 현미에게서 빌린 것이었다.

나 때문에 거부를 경험한 비장애인은 전 애인밖에 없을 거라고 생각했는데, 내 인생 거부의 시초에 현미가 있었다. 나는 순진하고 어렸을 20년 전의 현미를 떠올린다. 갑자기 삶에 떨어진 '장애'를 가진 나로 인해, 이전까진 경험해보지 못한 거부를 온몸으로 감내했을 그를 상상해본다.

아픈 아이에게는 잔치를 베푸는 게 아니라는 만류에 그

흔한 돌잔치조차 하지 못 할 때 느꼈을 가족 안에서의 고립감. 어린이집-유치원-초등학교라는 평범한 수순을 밟으려고 입학을 거절당하면서도 끊임없이 시도해야 했던 순간. 유아기가 지난 큰 아이를 유아차에 태우고 다닌다는 것에 대한 사람들의 무례한 시선. 어린 내가 겪어야 했던 배타의 과정을 감당한 건 내가 아니고 현미였다. 그래서 현미는 자연스레 '쌈닭'이 됐다. 어릴 때 내게 익숙했던 현미의 모습은 뭔가 부당한 일이 생겼을 때 따박따박 따지는 거였다.

내 기억이 미치지 못하는 아주 예전부터 현미는 싸워왔다. 어린이집에 등록하려는데 수차례 거부당하던 순간이나, 가까스로 입학할 수 있었던 곳에서조차 선심 쓰듯 "일주일에 한두 번 정도는 등원하셔도 되고"라는 말을 들어야 했던 순간에도. 나만 텅 빈 교실에 덩그러니 놓아두고 이동수업을 진행한 선생님과, 간신히 걷기 시작한 초등학생 무렵 엘리베이터에 빨리 타지 않는다고 뒤에서 나를 밀친 사람과도. 때로는 창피하고 무서워서 내가 엉엉 울며 말리더라도 현미는 일단 싸우고 봤다. 나를 키우는 건 싸움의 연속이었다. 현미는 원하지 않았는데도 활동가가 되었다. 살아있다는 것 자체로.

그래서 내가 뱉은 문장은 쌈닭 현미에게서 왔다. 그 문장은 가족이 함께 공원에 나들이를 나간 날 만들어졌다. 우리 가족은 막 걸음을 익히기 시작한 두 딸이 있었는데, 하나는 여덟 살 지우이고, 다른 하나는 세 살 지원이었다. 둘 다 아빠의 품에 안겨 편하게 거닐고 싶어 했지만 안긴 건 상대적으로 잘 못 걷는 나였다. 그러다 지원이의 투정에 태균은 결국 두 딸을 모두 안고 걸어야 했다. 한쪽 팔에 한 명의 딸을, 제법 우스운 모양새일 수도 있으나 우리는 편안했고 모두 만족하고 있었다. 그런데 갑자기 뒤에서 한 아이의 손을 잡고 있던 할아버지가 내게 삿대질을 하기 시작했다.

"야, 저거 봐라. 부끄럽지도 않나 보다. 저기 좀 봐. 부끄러운 줄 알아야지."

그의 손자도 안아달라고 투정을 부렸기 때문일까? 어쩌면 태균이 힘들어 보여서 도와주려고 한 것일까? 시간이 흐른 후에야 여러 가지 추측을 할 수 있었지만 지금도 굳이 그 사람을 이해하고 싶진 않다.

걷지 못하는 것도, 태균의 품에 안겨 거리를 걷는 것도 부끄럽지 않았었는데 한순간에 나는 밖에 나오는 것조차 부끄러운 아이가 되었다. 눈물이 나올 것 같아서 태균의 어깨에 고개를 묻었다. 뜨겁게 달궈진 귀는 식을 줄 몰랐다. 그 순간 현미가 뒤를 돌아 할아버지를 노려봤다. 그 사람은 곧 입을 다물었다. 말을 섞고 싶지 않았고, 내 존재를 '설명'해야 할 필요성을 느끼지도 못했기에 우리 가족은 입을 다문 할아버지를 뒤로하고 자리를 빠져나왔다. 그때 현미가 말했다.

"어우 씨, 진짜 한 대 칠 뻔했네."

그렇게 그 문장은 내 마음속에 남아 부당함을 마주할 때 튀어나오곤 한다. 현미는 그런 소리를 들을 때마다 내 장애를 숨기거나 집 안에 있게 한 것이 아니라, '한 대 때릴' 기백을 가지고 살아왔다. 그 말은 내게 숨을 필요 없다고, 여차하면 그냥 '한 대 때리면서' 살아가면 된다고, 잘못은 내 존재에 있지 않다고 말해주는 것만 같았다.

지금의 현미는 누군가와 잘 싸우지 않는다. 대신해서 싸워줄 필요가 없을 만큼 내가 싸가지없게 잘 자랐기 때문이기도 할 테지만. 용기와 화를 미래에서 다 끌어다 쓴 것인지 현미는 요즘 어느 때보다 조심스럽고 소심해졌다. 장애인 이동권 집회에 나가려는 내게 "그런 것 좀 안 하면 안 되니?"라고 묻기도 하고, SNS에서 여느 때처럼 키보드 배틀을 뜨고 있으면 "글을 좀 조심해서 쓰면 좋겠어"라고 말하기도 한다.

나는 현미의 분노와 화가 어디로 갔는지 궁금하다. 아니 어쩌면, 현미는 원래 유약하고 소심한 사람이었을 수도 있겠다. 그러면 어린 나와 함께할 때 발휘했던 용기와 힘은 도대체 어디서 나온 것일까? 또 이 글을 쓰며 자꾸 현미를 '엄마'로만 보게 된 것처럼, 나와 분리되지 않는 삶을 산 현미는 어떤 것들을 견뎌야 했을까? 질문이 자꾸만 늘어난다. 이제는 현미를 마주할 때다.

# 보바스병원 골뱅이무침

↳ 구르님이 유튜브 동영상에서 보여주시는 작은 행동과 모습들이 저와 제 아이에게도 이미 큰 영향을 주고 있거든요. 저희 아이는 몸이 불편해요. 절뚝절뚝 뒤뚱뒤뚱거리면서 학교에 가요. 아이가 교문에 들어서는 뒷모습을 지켜보는데……. 아침마다 몸이 불편한 내 아이가 오늘 하루 학교에서 잘 지낼까, 학교 수업 시간에 혹여 힘든 일은 없을까 조마조마한 마음으로 보내는데요. 엄마의 이러한 마음과 달리 다행히 열 살 아이는 학교생활을 아주 씩씩하게 당당히 잘하고 있답니다.

↳ 구르님 유튜브를 보면서 "엄마, 장애인도 유튜브 하네", "엄마, 엄마, 나도 유튜버 할래, 나도 할래", "엄마, 나도 서울대 갈 수 있어?", "엄마, 나도 크면 예쁘게 화장해야지 톡톡톡." 쫑알쫑알 끝이 없습니다.

↳ "한 친구가 달리기 시간에 나보고 자꾸 넘어진다고 앉아서 쉬라고 뛰지 말라고 했어. 그래서 '싫어, 나 뛸 거야. 더 빨리빨리 뛸

거야, 넘어지면 일어나면 돼'라고 말하고 일부러 마구마구 더 뛰었어."

까르르거리면서 학교에서 있었던 일을 말하는데 어찌나 기특하고 예쁜지⋯⋯. ㅎㅎ 구르님의 영상을 함께 보면서 저도 아이도 구르님의 당당한 자기표현에 큰 힘을 얻은 것 같아요. 저희 아이도 구르님의 당당함을 배우고 있답니다.

한복을 입고 휠체어를 가마로 재해석해 화보를 남겼던 내 유튜브 채널의 휠체어 꾸미기('휠꾸') 영상에 달린 댓글을 읽었다. 한참이나 눈이 갔다. 작은 채널에 그리 많은 댓글이 달리지는 않지만, 댓글을 읽는 중에도 유난히 눈이 오래 머무는 글이 있다. 장애아를 키우는 엄마들의 이야기가 그렇다.

DM으로, 메일로, 댓글로 종종 엄마들을 만난다. 내가 쓰는 휠체어 정보를 문의하는 내용부터 아이를 어떻게 하면 잘 키울 수 있을지 묻는 걱정이 짙게 담긴 내용까지. 그런 이야기를 받아들면 나는 어김없이 현미를 떠올린다. 마치 20년 전의 현미가 쓴 글들 같아서 한참을 바라보곤 한다.

나와 현미는 오랜만에 단둘이 외식을 하고 집으로 돌아와 식탁에 마주 앉았다. 대화는 자주 하지만, 이야기를 나눠보겠다고 마음먹고 자리에 앉아 얼굴을 마주 보는 건 어쩐지 민망해서 현미와 나는 자꾸만 웃었다. "엄마 이야기 좀 해줘" 하고 내가 말했다.

현미가 가장 처음 꺼낸 이야기는 내가 태어난 이후의 일이었다. 그 전은 기억이 잘 안 난다고 했다. 오래전부터 들어온 이야기지만, 나를 만났던 이야기를 시간 순서대로 조용히 들어본 것은 오랜만이었다. 나는 현미와 함께 22년 전으로 돌아가 기억을 되짚었다. 입에서 나오는 이야기를 녹음기에 담고, 타이핑하면서 그의 눈으로 세상을 바라봤다.

현미는 뇌성마비라는 단어를 받아들고 나서 사흘을 내리 울었다. 현미의 주변에는 장애를 가진 이가 아무도 없었다. 장애를 가진 아이를 양육할 때 어떤 것이 필요한지, 앞으로의 삶이 어떻게 구성되는지 알려주는 곳도 없었다. '난 몸이 불편한 사람을 보면 잘 도와주곤 했는데 왜 이런 일이 생긴 거야'라는 생각도 했다. 태균은 현미가 혹시 나쁜 생각을 할까 봐 출근하기 전에 베란다 문을 잠갔다고 했다. 현미와 태균에게는 아무런 정보도 없었다.

"지금처럼 조금이라도 장애인의 삶에 대해 알았더라면 조금 덜 울었을지도 몰라" 하고 현미가 말했다. 나는 고개를 끄덕였다. 아무것도 모르면 그만큼 무서움도 커지는 법이니까.

**현미** 울고불고하고만 있을 수는 없었지. 얘가 장애가 있으면 이제 어떻게 해야 하나. 한 사흘 울었나 그랬을 거야. 그러고 나서는 찾을 수 있는 거를 찾으러 다녔지 뭐. 어떻게 해야 하나. 근데 그땐 인터넷도 그렇게 활발하진 않았는데 막 그런 게 이제 조금 생겼을 때일 거야. 어, 커뮤니티.

엄마가 거기다 글을 올렸나? 발달장애 아이 엄마한테서 연락이 왔어. 너랑 비슷한 또래 엄마가 연락이 와서, 신내동에 사는 사람인데 한번 집에 오고 싶다. 그래가지고 한 번 와서 이제 얘기 나누고. 그때 장애인 (아이의) 엄마를 처음 봤지.

내게 연락해온 엄마들의 이야기가 생각났다. 20년 전 인터넷 커뮤니티에 글을 써 올리던 현미의 마음 같았을까. 현미가 가장 먼저 한 일은 같은 생을 겪어내고 있는 사람들을 만나고, 이야기를 듣는 일이었다. 그렇게 전혀 몰랐던 세상을 가진 사람들을 알게 되었다. 현미를 도운 건 이미 같은 경험을 한 사람들의 이야기였다. 현미는 어렴풋이 자기가 해야 할 일을 그리기 시작했다. 앞으로 해야 할 것이 너무나 많았다.

**현미** 주변에, (그만둔) 회사 언니한테 아이가 장애가 있다고 이야기했더니 사실 자기 친구 아이가 뇌성마비가 있다, 연대(신촌세

브란스병원)를 한번 가보라고 하더라고. 연대 가서 입원할 수 있나 상담하고, 대기하고, 입원했지. 처음에 입원한 게 정말 잘한 일 같아. 또 소아 재활 병동이니까 장애가 있는 아이들만 많이 있잖아. 그러니까 이제 거기서 다른 엄마들이 얘기해주고 뭐 해주고, 어떻게 치료하는 거고 그런 걸 그때 알았지. 그 전에는 아무것도 몰랐어. 거기에서, 나 혼자만의 문제가 아니라 이렇게 아픈 아이들이 또 있구나. 거기에 또 한번 뭐라 그럴까……. 안도라기보다, 동질감? 뭐 이런 거 있잖아.

나는 병원이 좋다.[*] 진료를 보는 것도 좋고, 입원을 은근히 바라기도 한다. 어릴 때는 집보다 병원에 더 있었으니까. 나를 걱정해주는 사람도 많고, 재미있는 것도 많고(소아 병동은 장

[*] 당연하게도 모든 병원을 좋아하는 것은 아니다. 내가 돌아가고 싶은 병원은 오랜 시간의 흐름으로 미화된 소아 재활 병동뿐이다. 지금까지 다니고 있는 대학병원 정형외과는 여전히 가고 싶지 않은 곳이다. 그곳에서 나는 무감각하게 침대에 눕혀지고, 마커 펜으로 몸 이곳저곳을 그어지며, 수많은 레지던트에게 둘러싸여 관찰당한다. 그리고 '나아지기 위한' 많은 수술을 '권유'받는다. 관찰과 치유의 대상이 되는 내 몸은 뒤에서 더 설명하겠다.

난감과 각종 교구의 천국이다), 아무도 이상하게 보지 않았으니까.

병원이 내게 마음의 고향이라면 현미에게는 연대의 공간이었다. 절망감과 안도감이 동시에 존재하는 곳이자, 가장 혼란스럽고 괴롭게 느껴질 시기에 마음 놓고 이야기를 나눈 공간이었다. 현미는 그 속에서 앞으로의 일을 짐작했다. 병동에는 어린아이들도 있었지만, 거의 성인에 가까운 아이들도 있었다. 큰 아이들을 보면서 지우의 장애도 쉽게 치료되거나 없어지는 것이 아니라는 것을 알았다.

절망스럽다기보다는 외려 미리 알 수 있어서 안심했다고 한다. 아무도 보여주지 않는 미래를 그리는 것만큼 무서운 일은 없었으니까. 장애인의 삶을 하나도 모르던 현미는 병동에 들어가서 많은 것을 보았다. 어쨌든 생은 이어지고 있었다. 지금 당장 무엇을 해야 하는지만 생각했다.

> **현미** 그런 생각도 혼자 막 했어. 왜 그랬을까? 영양제를 잘 안 챙겨
> 먹어서 그랬을까? 만삭 다 됐을 때 비행기를 탔는데 그게 무
> 리가 됐을까? 그런 생각을 막 하는 거지. 뭐 때문에 그럴까?
> 왜 그랬을까?

소아 재활 병동에 가면 장애아동의 곁에서 그를 종일 돌

보는 사람은 대부분 엄마다. 여전히 장애아를 돌보는 데 있어 가장 큰 책임은 그의 보호자에게, 특히 엄마에게 돌아간다. 엄마는 아이의 장애를 알게 되는 순간부터 헌신해야만 하는 사람이 되는 경우가 많다. 장애를 갖게 된 책임은 그 누구에게도 없을 때가 많은데도 엄마는 계속해서 자기 스스로, 또 타인으로부터 '내 탓'을 찾게 하는 여러 형태의 강요를 받는다.

소아 재활 병동은 그런 여성들이 모인 곳이었다. 그의 인생은 아이를 위해 희생하는 게 당연하다고 여겨지곤 하는 사람들, 아이의 장애에 책임이 있는 죄인들, 그런 여자들이 모여 이야기를 나누고 울고 웃는 곳이 병동이었다.

**현미** 엄마들끼리 낮에는 애들 치료하고 밤에도 애들 몸 주물러주고 하잖아. 그런데도 저녁에는 시간이 있으니까, 9시에 커튼 닫아놓고도 엄마들끼리 몰래 이렇게 해서 (커튼 살짝 여는 시늉) 얘기도 하고 그랬거든.

엄청 울기도 했어. 가족의 붕괴, 이런 이야기도 듣고. 어느 날 아파트 밖을 내다보는데 평지로 보이더라, 이런 이야기. 정말 이렇게 보이는 사람이 있구나, 그러니까 자기도 모르게 그런 나쁜 마음을 먹을 수도 있겠구나. 이런 생각을 했지. 아빠가 베란다 잠가뒀던 기억도 나고. 그리고 시댁에서 며느리 탓하는 그런 집도 있었어. 손님이 오면 애를 방에다 가둬놓고. 시아버지, 시어머니가.

'헌신적인 태도의 능숙한 보호자' 역할을 해야 하는 20, 30대의 여성들이 병실에는 너무나 많았다. 그들은 누구누구 어머니라는 이름으로 불리며 아이를 시간 맞춰 치료실에 데려가고, 치료실 밖에서 기다리고, 밥을 먹이고, 씻기고, 함께 잠이 들었다. 자기의 이름은 없이, 작은 병동 침대 위에 붙은 치료 시간표대로 움직이는 삶. 아이를 돌보고 하루가 매끄럽게 흘러가도록 하는 역할을 하면서도 가장 쉽게 지워지는 삶이었다. 나 역시 기억나는 소중한 여자들이 있지만, 누구누구 이모라는 이름밖에는 기억하지 못한다.

현미가 기억하는 모습은 조금 달랐다. 헌신과 희생이라는 단어로만 소환하기에는 너무 많은 이야기가 있는 삶이었다. 그들은 욕망, 일탈 같은 뾰족하고 살짝 매콤한 단어들이 더 잘 어울릴 것만 같은 젊은이들이었다. 각자의 이야기도, 하고 싶은 일도 가득한 사람들이 병동에 있었다.

**지우** 우리 몰래 쇼핑몰 간 적도 있잖아. 이모들이 막 비밀이라고 그러고.

**현미** 허락받고 가지 않았나? 몰라, 몰라. 기억이 안 나. 이런 거 쓰면 안 된다. (잠시 정적) 술도 몰래몰래 닭발이랑 시켜가지고 받아서 먹기도 하고. 엄마 술 걸려서 뺏기기도 하고 그랬어. (함께 웃음) 근데 알면서도 눈감아주고 그런 간호사들도 있었지. 왜냐하면 엄마들이 정말 애들한테 거의 매여 있으니까, 하루 종일 그러니까 "안 걸리게 잘하세요" 뭐 이런 간호사 선생님도 있고……. 하여튼 이런 거 쓰면 안 될 텐데. 보바스(병원 이름)에서는 골뱅이 요리 잘하는 애가 있어서 골뱅이 무치고 쫄면 해서 나눠 먹고. 저녁 시간에 같이 둘러앉아가지고.

**지우** 맛있겠다.


현미는 망설이면서도, 마치 수련회에서 몰래 야식을 시켜 먹던 학창 시절 기억을 늘어놓는 것처럼 말을 꺼냈다. 어두운 병원 로비에서 몰래 야식을 받아오는 현미의 모습이 그려져 나는 살짝 웃었다. 술을 뺏겼다는 부분에서는 저항 없이 깔깔 웃을 수밖에 없었다.

병원은 쉽게 아픔, 울음, 고통의 공간으로 여겨지곤 하지만 내게 그리고 현미에겐 기댈 수 있는 이들이 있던 공간이었다. 한바탕 울어놓고도 골뱅이를 무쳐서 나눠 먹는 그런 공간. 더는 갈 수 없어 희미해지던 병원에 대한 기억이 올록볼록 올라오는 순간이었다. 다시 병실로 돌아가 간이침대를 붙여놓고 둘러앉아 이야기를 나누고 싶었다.

> **현미** 너를 안고 지하철을 타는데, 그 옆 칸에 너 비슷한 또래 애를 안고 있는 엄마가 있었어. 근데 딱 이렇게 눈치를 봤을 때, 그 때쯤이면 걸어야 되는데 안고 있잖아. (웃음) 그래서 혹시 저 엄마 아이도 아플까 이런 생각을 했는데, 병원에 입원하고 나서 그 엄마가 같은 병실에 있었어. 그게 ○○ 엄마야.

현미는 여전히 병동에서 만났던 몇몇과 인연을 이어가고 있다. 그는 자기와 같은 여자들을 만나서 위로받았기에 울기보다 해야 하는 일을 찾는 법을 알게 되었다. 자기가 그랬던 것처럼 또 다른 엄마에게 용기를 주는 사람이 되기도 했다. 지금의 현미 역시, 다른 누군가에겐 용기를 전하는 존재일 것이다. 요즘 내게 닿는 엄마들의 이야기는 모두 현미에게 전하는 이야기라는 생각도 든다.

현미는 이제 기억도 잘 나지 않는다며, 사실 그때는 엄청 힘들었는데 지나고 보니 미화된 것일 수 있다고 덧붙였다. 20년 전 현미에게 해주고 싶은 말이 있냐고 물었더니 "그냥 잘했다"라며 민망한 듯 말을 흐렸다. 지금 댓글을 단 엄마들에게 하고 싶은 말은 없는지 물었다. 현미는 정보도, 이야기도 너무 적은 상황에서 당사자인 너에게까지 연락하게 되는 답답한 마음을 이해할 수 있다고 했다. 흔들리지 않는 마음으로 "이해한다"라는 말을 전하는 것이 얼마나 어려운 일인지 안다. 현미는 그들을 이해한다고 말하고 있었다.

카카오 웹툰 〈열무와 알타리〉와 네이버 베스트도전 〈제제와 함께〉처럼, 장애아와 함께 살아가는 여성의 이야기에 자꾸만 눈이 간다. 그들의 시선으로 전개되는 이야기 안에 납작한 인물은 없다. 또 확실한 비극이나 희극도 없다. 그저 살아남고, 살아가는 이야기들이 있을 뿐이다. 분명 누군가는 그들의 삶에서 자신의 삶을 읽고 또 살아갈 것이다.

자신과 다른 몸을 가진 딸을 사랑하는 일, 그 아이를 돌보며 보낸 수많은 시간을 표현하기에 '모성'이라는 단어 하나는 부족하다. 모성애라는 단어만으로 현미를 설명하는 건 억압과 욕망을 함께 담고 살아가면서 닮아있는 여성들과 기댈 줄 알았던 현미를 평면적으로 만드는 것만 같다. 현미의 욕망을 더 알고 싶다. 20년 전의 현미도 궁금했지만, 40년 전의 현미도 더 알고 싶다. 하지만 현미의 이야기는 자꾸만 내가 태어난 이후로 향하곤 했다. 나를 뺀 현미의 이야기가 더 궁금하다.

요즘 현미는 나와 자신의 일상을 좀 더 분리하며 언젠가

맞이할 우리의 독립을 준비하고 있다. 이제 나는 더는 치료를 받으러 다니지 않고, 혼자 집을 나설 수 있다. 현미는 종일 내게만 붙어있던 과거와 달리 아르바이트도 했고, 지금은 직장을 구해 일하고 있다. 나는 현미가 보여줬던 힘과 용기가 요즈음은 사그라들고 있다고 느끼곤 한다. 그런 마음을 전하며 "엄마가 좋아하는 건 뭐야? 하고 싶은 건 뭐야?"라고 물었을 때, 현미는 조금 망설이는 표정을 지었다.

**현미** 그래, 엄마가 그런 것 같아. 그때는 정말 안 그랬는데, 요즘에는 엄마가 뭔가 하려고 그러면 멈칫하게 돼. 그때는 그냥 엄마가 늘 우리 딸을 위해서 '지금 이 시기에는 이걸 해야 해. 어딜 알아봐야 해, 뭘 해야 해(라고 생각했어).' 엄마만이 할 수 있었던 거니까.

근데 지금은 뭔가를 하려고 하면 갈팡질팡해. 이게 맞는 건가 싶기도 하고. 네가 엄마 손을 어느 정도 벗어나니까 이제 허탈한 거지. 이제야 엄마를 돌아보는데, 엄마가 잘하는 게 없는 거야. 뭘 즐기면서 해본 적도 없고, 엄마가 막 엄마를 위해서 써본 적도 없고. 그러니까 좀 그런 게 답답하고 약간 그런 마음이 들지. '내가 지금 우리 가족한테 필요할까?' 이런 생각도 들고.

장애인과 함께 살아가는 이들은 그 '관계'로만 삶이 설명될 때가 많다. 장애인의 엄마, 장애인의 형제, 장애인의 친구처럼. 물론 관계로서의 인간도 아주 중요하지만, 종종 그것에 너무나 매몰되기도 한다. 그래서 관계로 다 설명되지 않는 개인의 이야기가 궁금해지곤 한다. 나 역시 이번 인터뷰에서 그 한계를 뛰어넘지는 못했지만, 현미의 용기와 사람을 살리는 살림력은 누구보다 내가 잘 알고 있다. 현미는 나를 빼고도 충분히다른 존재들을 살릴 수 있고, 자신을 돌볼 수 있는 사람이다.

현미와 더 많은 것을 함께 해봐야겠다는 생각이 든다. 현미는 그럴 수 있는 사람이니까. 나를 빼놓고도 설명할 거리가너무 많은 사람임을 안다. 나는 녹음기를 껐다. 현미가 내게 너무도 필요한 사람이지만, 내가 없어도 현미는 강한 사람일 거라고 덧붙여둔다. 글을 다 쓰면 현미와 여행을 떠나봐야지.

# Abnormal 우리 가족

　나의 아빠 태균은 내가 만나본 사람 중 가장 잘 우는 사람이다. 드라마를 보다가 조금이라도 슬픈 장면이 나오면, 우리 가족은 약속이라도 한 듯 태균을 살핀다. 왜냐하면 백이면 백 그는 울고 있을 것이기 때문이다. '태균의 우는 모습을 포착하기 → 또 운다며 주변인들에게 알리기 → 놀려대기'의 일련의 과정이 우리 가족의 유구한 버릇이다. 그는 〈TV 동물농장〉을 보다가도 우리 집 개를 껴안으며 울고, 〈케이팝스타〉에서 흘러나오는 노래를 듣다가도 눈물을 흘린다. 누군가 우는 것만 봐도 눈물이 난다고 한다. 참 대단한 감수성의 소유자다.

　그런데 또 이상하게도 태균은 자기 일에 대해서는 잘 울지 않는다. 남이 조금만 눈물을 흘려도 따라 울면서, 태균 자신의 일에 우는 건 본 기억이 없다. '어른이 되면 자기 일로는 잘 울지 않는 걸까' 하는 생각을 했고, '그도 어쩔 수 없는 가부장제의 수하인 건가' 하는 생각도 했다. 어쩌면 내가 그의 슬픔에 관심을 제대로 기울이지 않은 것일 수도 있다.

그는 언제 울었을까. 태균과 함께하는 시간이 흐를수록 이맘때의 그가 궁금하다. 열세 살 때 나는 내가 어른인 줄 알았고, 열일곱 살 때는 스무 살이 되면 정말 어른이 되는 줄 알았다. 스물두 살인 지금은 어느 때보다 내가 유치하게 느껴지고 아는 것이 하나도 없다는 것을 매일 절감한다. 이제는 어른이 되길 바라기보다 나이를 먹어갈수록 모르는 것을 얼마나 더 많이 마주칠지 상상한다.

20대 초반의 태균은 어땠을까. 태균과 나눈 대화에 상상력을 더해서 이런저런 이야기를 꾸며보자면, 태균은 재수를 했기 때문에 스물한 살에 새내기였을 것이다. 목표하던 대학교에 가지 못했기 때문에 조금은 절망했을 수도 있겠다. 어쩌면 지금의 대학에서는 배울 게 많지 않다고 여겼을 수도 있다. 그렇지만 조금 더 시간이 흐르면 대단한 친구들과 선후배, 교수님을 만나 자신이 가지고 있던 생각이 일부 옳지 않았음을 인정할 것이다.

나의 상상력은 얄팍해서 전해 듣지 못한 그의 스물두 살, 스물세 살, …… 스물여섯 살은 조금 빠르게 넘어가고, 다시 그의 스물일곱 살에 도착한다. 그의 아내인 현미를 만난 나이다. 현미는 친구의 아는 동생이었다. 남중, 남고, 공대, 군대 트리를 착실하게 밟아온 태균에게는 서울 말씨의 아가씨가 천사같이 보였다고 한다. 태균은 첫 만남부터 대뜸 높고 맑은 목소리로 오빠라고 부르는 것에 홀라당 넘어갔을 것이다(조금 구리지만 30여 년 전의 일이니까 우리 조금만 모르는 체하자). 둘은 연애를 시작하고, 100일이 되어서야 겨우 입도 맞춰보고, 가끔 고비도 찾아왔지만 서로 조심조심 사랑하면서 3년 연애 끝에 결혼했다.

신혼 생활을 누리기도 전에 내가 생겼다. 태균은 으레 따라야 한다고 여겨지는 부부의 과정―신혼을 1년 정도 즐기고, 아이를 가질 준비를 하고, 이후 아이가 생기고―대로 되지 않아서 조금 당황했다고 한다. 나는 여기까지 생각하고 잠시 쉬었다. 이후 태균은 어떤 감정으로 나를 맞이했을까. 생각하던 결혼 생활의 순서가 흐트러진 것만으로도 당황하는 이가 자신과 전혀 다른 정체성으로 살아갈 아이를 만났을 때 무슨 감정이 들었을까.

지우와 22년을 살아오면서 태균은 장애가 있어서 인생이 송두리째 뒤바뀌거나 불행하기만 한 건 아니라는 것을 알게 되었지만, 서른 살의 태균은 그 모든 것에 익숙해지기 전의 인간이다. 그전까지 태균은 장애인과 한 번도 깊게 사귀어보지 않았다. 그들을 미워하거나 차별하고자 하는 마음은 없었다고 믿었지만 그렇다고 나서서 찾아보려 한 것은 아니었다.

　다시 상상을 시작하기 전에, 나는 그의 일기장을 조금만 엿보기로 했다. 그는 내 이야기를 적는 블로그를 운영했었다. 내가 태어난 것은 2001년이었으나 어쩐지 그의 일기는 2005년에 시작되었다. 그의 글은 숨김없고 솔직한 것처럼 보이나, 4년이 넘는 시간이 흐른 뒤에 나와의 첫 만남을 기록하는 그는 아마 많은 이야기를 내려놓거나 더하며 다듬는 시간을 거쳤을 것이다. 2005년의 글은 이렇게 시작된다.

○○○

처음으로 만난 지우는 작은 점이었다.

아내와 함께 산부인과를 찾아서

처음으로 초음파 촬영을 통해 본 내 분신.

난 의사에게 "지금 건강한 거 맞죠?"라는 질문을 했고,

의사는 다소 어이없다는 듯이

"이렇게 작은데 그걸 어떻게 알아요"라는 대답으로

나를 당황스럽게 했다.


(내 초음파 사진이 붙어있다)

2001년 1월 27일 처음으로 초음파로 그 아이를 만날 수 있었고,

우리 부부는 아이에게 아름이란 이름을 지어주었다.

작은 점 …… 그렇게 우리의 만남은 시작되었다.

작은 점 | 작성자 태균 | 2005.01.09

그 뒤로, 같은 날 그리고 하루 정도의 차이를 두고 빠른 속도로 업로드된 글이 보였다. 점점 자라나는 '아름'이에 대한 기대와 사랑 그리고 임신 기간 중 맞닥뜨린 가정사로 인해 현미에게 잘해주지 못한 미안함 같은 솔직한 감정이 글에 가득했다. 나는 속을 잘 내보이지 않는 인간이라, 감정이 와글와글한 태균의 글은 언제 읽어도 생경하다. 태균은 4년이 지난 1월 9일부터 시작해서 나에 대한 기록을 남기기 시작했다. 태균의 허락 없이 글을 실어 나르고 있으므로 몇 개만 추려서 가져오겠다.

○○○

서울대 소아과에서 MRI 촬영 결과를 통보받은 후,

재활의학과 선생님 진료를 받게 되었다.

10개월밖엔 안 된, 아직도 제 부모가 아닌

다른 사람의 품을 낯설어해

그저 울음으로만 그 두려움을 나타내는 지우를

의사 선생님은 이리저리 무감각하게 만져보았다.

그러곤 이런저런 검사를 하면서 내뱉는 한마디 한마디

나 역시, 연구소에서 제품을 개발하면서

수없이 들었던 그 낯익은 단어가

귀를 울리고 가슴을 찢어놓는 거 같았다.

 ABNORMAL, Abnormal, abnormal

어쩌란 말인가, 어떡해야 한단 말인가…….

그렇게, 우리 가족은 abnormal한 삶 속으로

빠져야 한다는 말인가?

이 abnormal한 case를 어떻게 벗어나야 하는 건지…….

난 정말 알 수가 없었다.


abnormal, abnormal, abnormal | 작성자 태균 | 2005.04.25


(다음 게시글에는 나의 진단서 사진이 첨부되어 있다)


　기억에 가장 오래 남는 글이다. 부모와 자식의 관계라는
건 평생 메워질 수 없는 기억의 차이를 가진다는 데서 꽤 불공

평하지 않나 하는 생각을 한다. '알 수가 없었던' 시절 태균의 이야기를 '조금은 알게 된' 태균이 현재형으로 쓴 이 글. 아마도 태균의 세계를 흔들었을 그때의 이야기들. 나는 그때의 태균이 궁금하다. 새삼 다시 블로그를 정독하고 있자니 태균의 필력에 문득문득 놀라게 된다. 네이버 블로그가 없어지기 전에 그의 게시글을 전부 아카이브해둬야겠다고 생각한다.

글을 쓸 때 태균은 울었을까? 아니면 abnormal한 case에 이제는 조금 익숙해져 이야기를 풀어낸 것일까? 그에 대해 떠올릴수록 궁금한 것만 늘어간다. 이제는 엿보기를 그만두고 그를 만나봐야겠다.

## 걷지 않는 이방인 되기

태균의 이야기를 들으려고 그와 단둘이 만난 곳은 동네의 고깃집이었다. 나는 고기 한 점을 입에 넣으며 이전과는 달라진 감상을 느끼던 참이었다. 생명과 죽음에 관해 이야기를 꺼내볼까 하다가 관두었는데, 태균은 얼마 지나지 않아 도살당하는 돼지의 삶에 대해 입을 열었다. 나는 또 한 번 태균과 나의 대화 방식을 마주하게 된다.

태균은 늘 이야기를 꺼내는 사람이다. 우리는 그것이 마음에 파동을 일으킬 것을 알지만 늘 말과 말의 이음새를 잇는다. 싸우다가도 서로의 말을 다시 자신의 입으로 정리하며 말을 맺는 그 순간을 사랑하기 때문이다. 식사가 끝나고 나와 태균은 집으로 향했고 내 방으로 들어와 마주 앉았다. 우리는 자주 대화하는 관계지만 대놓고 '자, 대화를 합시다!' 하고 자리를 만든 것은 처음이었다. 태균은 어색한지 나와 평행으로 놓여있는 소파에 앉았다가, 나의 타박에 내가 아무렇게나 놓아둔 휠체어 위에 앉아 나를 마주 보았다.

"내가 이렇게 된 건 아빠의 영향이 크지 않을까?" 하고 운을 뗐다. 나는 나를 곧잘 '관종'이라고 소개하곤 한다. 이 관종력은 꽤 오래전부터 발현되었는데, 그 역사를 거슬러 올라가보면 시발점 즈음에 태균이 있다. 내가 원래 관종이었는데 태균을 만나 성향이 증폭된 것인지, 태균의 방식이 나를 관종으로 만든 것인지는 잘 모르겠다. 닭이 먼저인지 달걀이 먼저인지 같은 질문일 뿐이다.

태균은 글뿐만 아니라 사진과 영상을 남기는 것을 좋아했다. 덕분에 우리 가족의 외장하드에는 가족의 시작인 2000년부터 지금에 이르기까지 모든 월과 연도 별로 사진과 영상이 저장되어있다(처음 디지털카메라가 나왔을 때 태균은 사진을 컴퓨터로 볼 수 있게 된 거라며 당장 구매했고, 현미는 필름으로 나오지도 않는 걸 뭐하러 사냐며 핀잔했다고 한다). 그렇기에 어릴 때부터 사진과 영상으로 내 모습이 기록되는 것이 익숙했고, 그것을 즐겼다. 태균의 블로그에 올라오는 내 이야기를 읽는 것도, 사진과 영상을 보는 것도 아주 좋아했던 것 같다. 김지우의 관종의 역사는 역시 이것으로부터 출발한 걸까?

나를 글과 사진으로 담은 태균의 이야기가 아주 궁금했다. 왜 4년이라는 시간이 흐른 뒤에야 글을 쓰기 시작했는지,

나의 진단서 이야기는 또 왜 그로부터 한참 뒤인지, 불특정 다수에게 딸의 장애를 드러내는 것이 어떤 의미였는지, 물어보고 싶은 게 너무 많았다. 그는 질문을 와르륵 쏟아내는 내 서툰 인터뷰에 인터뷰어가 이상하다며 투덜대다가도 천천히 대답을 이었다.

블로그는 당시 한창 유행이었고, 일기를 올리는 공간이었기에 그리 큰일이 아니라고 생각했다고 태균이 답했다. (지금 생각하니 이 대답, 뭔가 익숙하다. 왜 유튜브를 시작하게 되었는지 묻는 질문에 내가 늘 답하는 말 아닌가?) 굳이 목적을 이야기하자면, 자신은 꽤나 비겁한 종교적 인간이라 도움이 필요한 순간에만 종교의 힘을 믿었는데 그 순간이 그러했다고 한다. 태균은 나의 건강과 안위를 조금 더 많은 사람이 함께 바랐으면 하는 마음에서 글을 적었다.

그의 바람대로 간간이 보이는 댓글에는 태균과 나를 향한 따스한 말이 많았다. 누군가는 그런 그의 마음과 장애를 다루는 표현 방식이 고루하다고 말할 수 있겠으나—실제로 그렇기도 하고—그래도 새로운 세계에 발을 들인 그가 나름의 방식으로 딸의 장애에 익숙해지는 과정을 읽어낼 수 있는 기록이라 시간이 지난 지금도 난 재미있게 그 글들을 읽고 있다.

블로그 글을 쓰기 시작했을 즈음 태균은 지우라는 세계를 조금 더 잘 이해하고 받아들일 수 있게 되었다고 한다. 이전까지는 장애에 대해 깊이 생각해보지 못한 그는 처음 자신의 아이가 장애 판정을 받고서 온갖 부정적 키워드를 떠올렸단다. 어두운 미래, 슬픔, 절망, 불행 따위의 단어들…….

그는 장애에 대해 아는 것이 없었고 그나마 떠오르는 단어들은 저 지경이었기에 자신의 삶도 그런 혼돈에 빠져버릴 것이라고 여겼다. 그렇게 시간이 흘렀다. 태균은 딱히 불행하지 않았다. 지우는 잘 커주었고, 가족은 새로운 세계에 익숙해지고 있었다. 태균의 글들은 "나 잘 살고 있어요. 이 삶도 그렇게 나쁘지 않아요"라고 말하고 있던 게 아닐까.

태균은 같은 맥락에서 언젠가 내가 몸에 대해 절망하고 자신에게 책임을 물을 날이 올 거라고 생각했다고 한다. 그때 어떻게 대답하면 좋을지 여러 번 시뮬레이션도 해봤지만 결국에는 미안하다는 말밖에는 할 수 없을 거라고도 생각했다. 아쉽게도(?) 태균이 내게 사과하는 날은 오지 않았다. 왜냐하면 나는 내 몸에 대해 절망한 적이 없기 때문이다. 아니, 사실 태균이 모르는 이야기가 하나 더 있다. 내가 '만약'이라는 단어에 갇혀 원망할 대상을 찾아다녔던 순간을. 하지만 결국에는 그 단어를 버림으로써 얻을 수 있었던 평화를.

나는 인터뷰가 끝난 뒤 컴퓨터를 한참 뒤적였다. 차마 지워버리지는 못했지만 또다시 마주하기는 싫어서 꺼내보지 않았던 중학생 때의 일기를 찾기 위해서다. 숨기고 싶어서 엉뚱한 제목을 붙여놓은 탓에, 기억을 더듬어 찾는 데에만 한참 걸렸다.

<hr>

○○○

맨 처음, 내 장애가 후천적 장애임을 깨달았을 때<sup>*</sup>, '만약'이라는 말이 나를 옥죄었다. 그때의 감정은 잊을 수가 없다. 나의 고통이 '원래 그랬던 당연한 것'에서 '피할 수도 있었던 것'으로 바뀌는 순간, '만약 시골집에 가지 않았더라면?', '만약 눈이 내리지 않았더라면?', '만약 앞의 차가 사고가 나지 않았더라면?', '만약 내가 너무 울어서 출발이 지체되었더라면?'

……

아홉 살 어린아이의 머릿속에서는 끝없는 물음이 극으로 치닫고 있

---

\* 사실 내 장애의 '시발점'이 어디인지는 아직도 명확하지 않다. 출산 과정이었을 수도, 어릴 때의 사고 후유증일 수도, 높았던 열 때문일 수도 그 모든 것일 수도 있다. 일단은 후천성이라고 추측할 뿐이다. 장애의 시작을 명확히 하는 건 내게 그리 중요한 문제가 아니게 되었다.

었다. 미친 듯이 원망하는 마음이 솟구쳤다. 나의 우울을 잠재우기 위해 원망의 대상을 찾아야 했다. 처음에는 나, 우리 앞의 운전자들, 사고를 느리게 수습한 사람들, 할아버지, 그다음에는 아빠, 마지막에는 신까지. 하나, 그 원망의 끝에 다다른 순간, 내가 본 것은 전혀 다른 것이었다.

'아무도 미워할 사람은 없었다'는 것.

……

'만약'이라는 단어를 놓아주는 것은 어려운 일이다. 나 또한 그것을 놓아주는 데에 정말 오랜 시간이 걸렸고 놓아주었다고 생각했을 적에도 '만약'은 가끔씩 찾아와 내 우울과 후회를 잔뜩 들쑤셔놓곤 했다. 외면의 나는 아무것도 달라진 것이 없어 보였지만 내 안에서는 그 누구한테도 말할 수 없는 나만의 성장통을 치렀다. '만약'이라는 단어를 놓아주고부터는 많은 것이 달라졌다. 내가 처음부터 가지지 않은 것, 그리고 그 '만약'이라는 단어가 주는 달콤함을 생각하지 않고, 지금 내게 주어진 것과 내가 얻은 것으로 시야를 돌렸다.

다시금 그때의 나를 돌아본다. 나의 몸을 받아들이고 앞을 바라봐야 했던 그때. TV에서는 이따금 장애를 극복(!)한 사람들의 이야기가 나오곤 했는데, MC들은 자꾸만 "만약 사고 전으로 돌아갈 수 있다면 어떻게 하겠냐"는 질문을 던졌다. 그러면 또 그 멋진 사람들은 아무 망설임도 없는 형형한 표정으로 돌아가지 않겠다고 대답했다. 그걸 보던 TV 앞의 어린 나는 MC들의 질문이 나를 향한 것처럼 느껴졌다. '만약'이라는 단어는 너무 달콤해 보였다. 저 사람들은 어떻게 저렇게 단호하게 말할 수 있을까? 나도 그럴 수 있을까? 그런데 꼭 돌아가지 않는 게 멋진 걸까? 돌아가고 싶은 마음이 조금이라도 있으면 난 나를 부정하는 걸까? 돌아가고 싶은 마음이 드는 내가 장애를 극복하지 못한 존재가 된 것만 같았다.

나와 같은 이들을 보고 싶은 목마름에 찾아봤던 이야기책에서는 "내 다리는 왜 병신이냐"며 울부짖고 가방을 던지는 남자아이가 나왔다. 그 장면을 보면서 '나도 이렇게 해야 하나?' 하는 생각을 했다. 나는 누구에게 화를 내야 할지도 잘 모르겠고 그렇게 화가 나지도 않는데, 그런 장면들은 장애가 있는 사람은 한번쯤 자신의 신체에 절망해봐야 한다고 말하는 것만 같았다.

반항심에 한창 들끓던 초딩 김지우는 '원망의 표출'을 한번 시도해보기로 했다. 난 일부러 그 장면을 펼쳐서 책을 아무렇게나 던져버렸다. 던져진 책은 뒤집혀서 페이지가 살짝 구겨졌는데, 그건 내가 정말 싫어하는 일이기에 아주 큰 저항이나 다름없었다. 놀랍게도 아무도 의도를 눈치채지 못해서 나는 그냥 책을 정리하고 다른 책을 꺼내들었다. 굳이 다시 책을 뒤집어 누군가에게 그 장면을 보여주는 노력을 할 마음보다 내 장애에 대한 절망이 더 작았기 때문이다.

어쩌면 장애인들은 '만약'이라는 단어를 떠올리며 갈등에 빠지는 것을, 자신의 장애에 대해 절망하는 행위를 강요받고 있다는 생각이 든다. 그런 갈등과 절망을 경험하는 게 장애인의 삶에서 마치 일생일대의 분기점이라도 되는 것마냥 미디어에서 초점을 맞추는 것을 종종 볼 수 있다. '만약'이라는 말은 그 일이 일어나지 않아야만 빛을 본다. 절대 일어나지 않을 일이 달콤하면 달콤할수록 극대화되는 환상 같은 단어다. 나는 장애에 대해 절망할 시간에 구겨진 책을 다시 소중히 펴고 다른 이야기를 찾아 나서기로 결심했다.

"나는 내 몸에 대해 책임을 묻는 것보다 …… 왜 정확한 설명을 안 해줬는지를 더 원망했던 것 같아요" 하고 내가 말했다. 열 살이 채 되지 않았을 때의 나는 언젠가 내 몸은 '정상'이 될 것이라고 굳게 믿고 있었다. 지금의 힘든 재활치료도, 무서운 치료사 선생님과의 시간도 내 병을 낫게 해주는 과정일 뿐이라고. 다들 그렇게 말해줬고, 그렇기에 많은 것을 견딜 수 있었다.

그런데 우연히 발견한 책 머리말에서, "뇌성마비를 가진 친구들은 나을 수 없어요"라는 문구를 보고 말았다. 완치가 불가능하다니! 아홉 살 지우의 세계는 잠시 붕괴되었다. 아무도 알려주지 않은 나의 세계를 혼자 파괴한―사실 우연찮게 파괴되어버린―기분이란. 아홉 살 생애에 그렇게 끔찍한 기분은 처음이었다. 모두 내게 여태까지의 힘든 일은 잘 걸어 다니기 위해서라고 말해줬는데, 이건 완전히 사기였다.

**지우** 왜 안 알려줬어요? 아빠는 완치의 희망을 언제 버렸어요?

**태균** 아빠라고 뇌성마비라는 걸 안 찾아봤겠냐. 뇌가 다시 재생되지는 않기 때문에 완치는 어렵다는 걸 알고 있었는데 운동선수들이 훈련하면 몸이 더 증진되는 것처럼, 자율적으로 걷지는 못하더라도 훈련하면서 몸도 더 잘 쓰게 되고 걷는 것도 가능할 거라고 생각했지. 그리고 아빠는 공학도다 보니까 오히려 전동 휠체어 같은 보조기기들로 지우의 불편함을 최소화하는 데 관심이 많았어.

태균은 아홉 살 지우의 세계가 무너져버린 이야기를 듣다가, 자신도 나의 미래를 알지 못했기 때문이라고 대답했다. 얼마만큼 더 '좋아질지' 알 수 없었기 때문에 이야기를 꺼내지 않았다고 한다. 태균과 현미 역시 내가 걸을 수 있을 거라고 기대했기에 "지우는 평생 걸을 수 없는 장애를 가졌어"라고 설명할 수 없었다고. '걸음'에 대한 이야기는 내가 수술을 받던 시절로 넘어갔다.

> **태균** 우리 그때 연대에 가서 수술할까 말까 그럴 때, 교수님이 "너 그러면(수술 안 하면) 이쁘게 못 걸어"라는 말을 한 게 …… 예쁘게 걷기 위해서 가능성이 100퍼센트도 아닌데 살을 찢고 뼈를 깎는 수술을 해야 하는지를 판단하기가 어려웠어. 차라리 휠체어 같은 걸 더 사용하는 게 낫지 않을까 했지.

실제로 나는 "예쁘게 걷게 된다"는 말을 듣고 수술을 했다. 열 살의 어린이가 이해하기 쉽게 수술의 필요성을 설명할 수 없어서 의료진이 선택한 이유일 수도 있으나, 어쨌든 나는 그 설명을 듣고 수술대에 올랐다.

의사들은 열 살 난 아이를 예쁘게 걷게 하려고 허벅지와 종아리의 근육을 끊고 발 안의 뼈를 갈아낸 뒤 인공 뼈를 집어넣었다. 수술은 반나절이 걸렸고, 난 오래 깨어나지 못했다. 마취가 풀린 뒤에는 무통 주사도 듣지 않아 종일 울어야 했다. 수술 이후 1년, 근육은 빠르게 다시 붙어 말짱 도루묵이 되었다. 내 신체는 수술 이후 많이 달라져서 펴지지 않던 무릎이 이번

에는 뒤로 너무 많이 빠졌다. 몸은 점점 자라고 걷는 것은 점점 어려워졌다. 여전히 수술을 권하는 교수님의 목표도 자꾸만 달라졌다. 예쁘게 걸어야지. 오래 걸어야지. 조금이라도 걸어야지. 완전히 걷지 못하지는 말아야지. …… 걷는다는 건 뭘까.

> **지우** 나는 그 말을 들었을 때 너무 충격적이었어. "더 이상 관절을 쓰면 커서는 아예 못 걸을 거니 너무 걷지 말라"는 말이요. 못 걷게 된다는 게 마치 사형선고를 받는 느낌?
>
> **태균** 아빠도 그 말은 충격이었어. 여태 걷게 하는 것이 맞고 더 많이 연습하는 게 맞다고 생각했는데, '오히려 이게 아이의 몸을 망치는 것이었나?' 하는 게.

걷는다는 건 내게 무엇이었을까. "지우가 어른이 되면, 더 걷지 못할 거야"라는 말을 처음 들었을 때 심한 저주를 받은 기분이었다. '정상'에서 벗어난다는 불안감, 차라리 휠체어 말고 넘어지더라도 목발로 걷고 싶은 마음이 공존했다. 걷지 않는다는 건, 포기하는 사람이 되는 것 같았다. 전제하지 않아도 되는 것에 내 마음을 너무 많이 소진해버렸다.

지금 나는 치료사 선생님의 이야기처럼 더는 많이 걷지 않는다. 집에서도 작은 휠체어를 타고 다닌다. 걷지 않아도 내 생활 방식은 변하지 않았다. 오히려 걷지 않음으로써 할 수 있는 일이 늘어났다. 뜨거운 물을 옮길 수도 있게 되었고, 다치지도 않게 되었다. 이제는 지하철을 타고 한나절을 밖에 있을 수도 있다. 효용을 포기해가며 쟁취하고 싶었던 '걸음'은 도대체 무엇이었을까.

어쩌면 걸음은 내게 그저 두 발이 교차하며 지면을 밀어내는 행위 그 자체가 아니라 '정상성'으로써의 갈망일 수도 있겠다. 여전히 '비장애인처럼 보일' 수록 좋다는 가치 평가가 만연하기에, 보행이 가능한 장애인들은 휠체어를 졸업하고 목발이나 지팡이를 짚고, 혹은 걸음을 보조하는 로봇을 차고 걷길 권유받는다. 그것이 자신의 생활과 몸에 잘 맞는 경우도 있겠지만, '휠체어를 탐'과 '걷는 것을 포기함'이 대응하는 것처럼 여겨져 휠체어를 타지 않거나 그러길 강요받는 이들도 있다.

나는 목발을 포기하고 휠체어를 선택했지만 그렇다고 해서 정상성에 대한 집착을 끊어낸 것은 아니다. 남들 앞에서 걸음을 걸어야 할 때면 내 몸은 경직되어 평소보다 더 뻣뻣해지고 몇 발자국도 제대로 걸어낼 수 없다. 지금은 아니지만, 이전에는 내가 걷는 모습을 녹화한 영상을 제대로 보기 힘들었던 때도 있다. 그럴 때, 휠체어에 앉은 내 모습은 '덜 장애인'처럼 보이기도 한다. 아이러니한 일이다.

"그래서 항상 나를 인식할 때, 그리고 유튜버로서의 나를 생각할 때 힘들어질 때가 많아요. 어쩌면 '보기 좋은 장애인'이 아닌가 하고요"라고 내가 말했다. 이 고민은 유튜브를 시작하면서부터 날 괴롭혔다. '보기 좋은 장애인', '잘 팔리는 장애인'으로서 영상을 만들고 있는 것은 아닐까. 듣기 좋을 정도의 말만, 불편하지 않을 정도의 모습만을 드러내는 건 아닐까. 평생을 비장애인 사회 속에서 살아온, 적당히 학력도 좋고 적당히 상냥해 보이는 착한 장애인. 시청자들의 관심을 받고 일을 할 수 있는 건 그 때문이 아닐까 하는 죄책감과 답답함이 늘 마음속에 존재했다.

장애에 대해 말하기 시작하고부터 내가 붕 떠 있는 사람처럼 느껴지곤 한다고, 태균을 보며 말했다. 평생을 비장애인 세계에서 살아온 나는 처음 만나본 장애인 집단에서 큰 소속감을 느끼면서도 편안하게 섞여 들어가지 못했고, 완벽히 그 세계에 합치하지도 못했다. "뿌리 없이 부유하는 기분이 들어요"라고 내가 말했다. 태균은 대답했다. "아빠는 그래서 지우가 더 많은 이야기를 할 수 있는 사람이라고 생각하고, 구분 짓는 게 아니라 그 사이를 연결하는 사람이면 좋겠어."

'이방인'이라는 단어가 떠올랐다. 이방인은 낯설기에 많은 사람이 두려워하고 멀리하려는 존재다. 동시에 사람들이 자신이 속한 집단에는 쉽게 털어놓을 수 없는 이야기를 꺼내고 속 깊은 대화를 시도할 수 있는 존재이기도 하다. 나는 어떤 사람인가.

태균과의 대화를 끝내고 글을 정리하면서 회색 인간인 나와 이방인인 나를 상상했다. 정체성 때문에 사명감을 갖는 일은 싫지만, 역시 회색 인간보다는 이방인이라는 이름이 조금 더 마음에 들었다.

# 손가락이 손가락에게

곧잘 내 장애를 원망해본 적이 없다고 말하곤 한다. 고백한다. 이것은 일부 사실이지만 조금은 거짓말이기도 하다. 나는 사실 ······ "왜 하필 나야" 따위의 말을 내지르며 엉엉 울어버린 적이 있다! 오, 이게 얼마나 드라마틱한 대사인가. 장애인의 삶에서 극적인 순간을 발굴해내고 싶어 하는 이들에게는 꽤나 '듣기 좋은' 소리일 수도 있겠다. 어쨌든, 그 말을 내뱉었던 때를 잠시 떠올려보니 지금 이 글의 주인공이 자연스레 등장한다.

"왜 하필 나야"라며 오열하던 그 순간으로 가보자. 울고 있는 아이는 열한 살의 나다. 어린 여자애였던 나는 엄마의 가슴에 얼굴을 묻은 채 엉엉 소리 내서 울고 있다. 장소는 사람들이 꽤 오가고 있는 병원 로비 한복판이다. 병원에 입원한 이들이 밤 산책을 하고 아이들은 보조기기가 달린 자전거를 타는 늦은 저녁이다. 나는 자전거 위에서 오열 중이다. 그리고 내 손에는 ······ 전화기가 들려있다. 발신인은? 지원. 그러니까, 나의 동생이다. 이번 것은 지원에 대한 글이다. 지원은 나의 이해할 수 없는 동생이자 죄책감이자 저 극적인 장면을 연출해낸 장본인이다.

지원과 나는 다섯 살 터울의 자매다. 꽤 나이 차이가 나기에 지원이 태어나기 전부터 동생과 관련한 기억을 간직하고 있다. 나는 동생을 꽤나 기다리던 첫째였다. 그리고 꼭 여자애면 좋겠다고 생각했다. 남동생은 그냥 좀 싫을 것 같았다. "여자! 여자! 여자!" 하는 노래도 만들어서 펄쩍대며 불렀던 기억이 난다. 남자애면 어쩌려고 저런 노래를 만들었는지. 존재하지도 않지만 내 동생이 될 뻔했던 남자애에게는 좀 미안하다. 어쨌든 난 동생이 생긴다는 것이 너무 기쁜 여섯 살이었다. 불러오는 현미의 배에 말을 걸고, 노래를 불러주고, 입을 맞췄던 것도 생각난다.

동생이 태어나면 첫째는 마치 배우자가 새로운 애인을 데려와 소개하는 것만 같은 기분을 느낀다고들 한다. 하지만 나는 전혀 그런 기분을 느끼지 못했다. 그저 동생이, 그것도 여동생이 생긴다는 게 기쁠 뿐이었다. 내가 철이 일찍 들었거나 착한 언니였기 때문일까? 아마도 아닐 것이다. 동생이 생긴 이후에도 우리 가족의 관심은 모두 내가 독차지했기 때문이다.

현미는 지원을 임신한 막달까지 나를 데리고 치료 센터를 전전했다. 지원이 태어난 이후에도 현미는 나와 함께 있었다. 1년 중 절반은 집에 있고 절반은 병원에 있던 때, 지원은 이모네 집에 맡겨지거나 할머니에게 돌봄을 받았다.

곤혹스러운 순간은 주말 외박이 끝나고 다시 입원하려고 돌아가는 때였다. 지원이 엉엉 울거나 떼를 쓰는 일은 없었다. 하지만 가지 않으면 안 되냐고 한 번씩 조용히 묻곤 했다. 차라리 동생이 막무가내로 말이 통하지 않으면 좋겠다고 생각했다. 울지 않고 담담하게 부탁하는 다섯 살의 목소리는 다른 어느 것보다 무거웠다. 그래서 병원에 돌아갈 때면 종종 체했다. 헛구역질하며 병원으로 돌아가서 링거를 맞으면서 누워있곤 했다.

그러다 그 원망의 날이 와버리고 만 것이다. 극적인 삶과는 거리가 멀다고 생각했는데, 지원의 존재는 자꾸만 나를 극중 인물로 만들어버린다. 그날 지원은 꽤나 신이 나 있었는데, 왜냐하면 엄마와 언니가 주말 저녁에도 병원에 돌아가지 않았기 때문이다. 다음 날, 현미와 나는 지원을 어린이집에 보내고 나서 병원으로 돌아갈 생각이었다. 챙겨야 할 것도 있었고, 그 잔잔하고 담담한 이별을 나와 현미 역시 견디기 힘들었기에 최대한 피해보려고 한 것이다.

하지만 그래서는 안 됐다. 즐겁게 어린이집으로 가는 지원을 보내고, 현미와 나는 병원으로 돌아왔다. 그리고 저녁이 되자 그 비극의 전화가 울렸다.

현미는 전화를 받고 몇 마디 하다 내게 바꿔줬다. 현미의 표정이 좋지 않았다. 아니나 다를까, 전화기에서는 지원의 악에 받친 울음소리가 들려왔다. 처음 듣는 투정이었다. "안 간다고 했으면서 왜 갔어. 데리러 온다며" 따위의 원망 섞인 울음이었다. 나도 같이 엉엉 울었다. 동생에게 미안한 마음, 원망스러운 마음, 후회되는 마음이 어지럽게 섞여서 시야를 뿌옇게 만들었다.

글을 슬프게 쓰지 않겠다고 결심했는데, 지원은 나의 결심을 쉽게 망가뜨리는 인물이다. 게다가 비극의 끝도 너무나 상투적이었다. 현미는 엉엉 우는 나를 안아주고, 전화기를 다시 바꿔 "지원아, 엄마랑 언니 네 밤만 더 자고 갈게. 할머니랑 잘 지내고 있어"라고 달랬다. 완벽한 대사다. 고전소설에 등장해도 될 것만 같은 이야기다.

그래서 지원은 내 마음이 자꾸만 쿵, 하고 떨어지게 하는 몇 안 되는 인물이다. 자매라면 흔히 겪을 피 튀기는 싸움 끝에 "난 언니가 정말 싫어" 정도의 대사만 날려주더라도 나는 전화기를 붙들고 엉엉 울던 그날로 돌아가 자꾸만 비극의 주인공

비슷한 게 되고 만다. 장애가 있는 자매로서, 장애가 없는 혈육에게 가지는 부채감 같은 것이 있다. 병원과 학교를 오갈 때마다 늘 차를 타고 다니면서 동생은 여덟 살부터 버스를 타고 등교하는 것을 볼 때라든지, 현미와 함께 병원에 있느라 어릴 때부터 담담히 이별하는 법을 알게 했을 때라든지.

나는 그 애가 궁금하다. 지원에 대해서 나는 많이 알지도 못하면서 알려 하지 않았다. 글을 쓰면서야 그 애에게 물어보고 싶은 것이 많다는 사실을 깨닫는다. 너와 다른 몸을 가진 사람이 자매인 것은 어떤 기분인지. 2순위로 밀려나는 것 같은 기분을 느낀 적이 있는지. 다른 사람에게 나를 설명할 때는 어떤 방식으로 이야기하는지. 내 장애에 대해 의문을 가진 적은 있는지. 현미와 태균이 나에 대해 미리 설명해준 적은 있는지. 나와 함께 사는 것은 네게 어떤 의미인지.

**지원** 어릴 때는 그런 걸 별생각 없이 들었어. 사람들이 "네가 언니를 챙겨야 한다" 그런 얘기를 했을 때. 근데 점점 사춘기 오면서 싫은 거야. '나는 나 하나도 바쁜데 내가 왜 다섯 살이나 더 먹은 저 인간을 챙기고 있어야 하는 거지?' 그때부터 안 챙기기 시작했지.

**지우** 근데 딱히 도와주는 거 없잖아. 다른 형제들도 시키는 거 아니야? "야, 물 좀 갖다줘" 이런 거.

지원 그래 뭐 시킬 수 있지. 시킬 수 있는데 …… 결국은 내가 해줘야 한다는 게 싫었어. 이걸 안 하면 내가 나쁜 놈이 된다는 게.

지우 나쁜 놈이라고 비난받은 적 있어? 아니면 그냥 그런 의무감이 드는 거야? 자매로서 아픈 언니한테 그러는 게.

지원 그냥 내가 안 해주면 다들 "그것 좀 해주지, 그게 뭐가 어렵다고 그러냐"라는 말이 돌아오니까.


그 애의 이야기를 들으면서, 나는 궁금증이 해결되기는커녕 계속해서 궁금한 것을 발견하기만 했다. 때로 필연적으로 뒤로 밀려나는 자식이 되는 기분은 어떤 걸까. 보살펴야 할 사람이 있는 채로 태어난 기분이 들었을까. 그럼에도 함께 살아가며 살을 부대끼고 같이 잠이 드는 사랑은 어떤 걸까. 더 아픈 손가락의 눈으로 덜 아픈 손가락의 이야기를 듣고 있자니 조금 미안하고, 찔끔 억울하고, 많이 서러웠다.

물론 매 순간 내가 개에게 느끼는 마음이 부채감인 건 당연하게도 아니다. 어떨 때는 미워 죽겠고, 또 어떨 때는 귀여워 죽겠다. 죽을 것처럼 과하지 않은 감정이 들 때는 보통 행인 1 정도의 존재감으로 동거하는 사이다. 우리는 이제 적당히 싸우고 화해하며 같이 살고 있다. 나는 종일 돌아다니느라 집에 잘 들어가지 않고, 개는 나보다 더 중요한 게 많이 생겨서 그것들을 챙기느라 나한테 별로 관심을 주지 않는다. 이 정도의 거리감이 나쁘지 않다. 이러다 슬쩍 내 침대로 들어와 함께 잠이라도 자는 날이면 혈육에 대한 애정이 샘솟다가도, 새벽에 거슬리게 하면 네 방으로 꺼지라고 몸을 밀어내는, 딱 그 정도의 거리.

지원을 떠올리다 보면 자꾸만 어릴 적 순간으로 돌아가게 된다. 그 애는 격하게 부정하지만 나는 꽤 좋은 언니였다. 이 세상 그 누구보다 동생의 눈높이에 맞춰 그 애를 돌봤을 거라고 확신할 수 있다. 멋지게 써두었는데, 그냥 같이 기어 다녔다는 말이다. 지원이가 막 뒤집기에 성공하고 '네발'로 기어 다니기 시작했을 때, 나의 이동 방식 역시 네발 기기였다. 덕분에 우리 집 바닥에는 기어 다니는 6개월과 일곱 살이 있었다.

언니가 이렇게 눈높이를 맞춰주려고 노력했는데, 걸음은 치사하게 자기가 먼저 뗐다. 현미와 태균은 둘째를 키우면서도 발달 과정이 나와 전혀 달라 첫아이를 키우는 기분이 들었다고 한다. 걸어 다니는 그 애를 여전히 바닥에 손바닥과 무릎을 댄 채로 올려다보면서 나는 내 존재를 어떻게 설명해야 하나 고민하기 시작했다. '언니는 왜 못 걷냐고 물어보면 어떻게 해야 하지?'라는 생각이 고개를 들었다. 다행인지 개는 한 번도 그런 질문을 던지지 않았다.

6학년 즈음, 나와 비슷한 장애가 있는 분의 글을 읽은 적이 있다. 자녀에게 "엄마가 다른 사람과 다른 것 같아?"라고 묻자, "아니, 엄마도 다른 사람이랑 똑같아!"라는 대답을 들었다는 내용이었다. 꽤 깊은 감동을 받아서 곧바로 지원에게 가서 물었다.

　"지원아, 언니랑 다른 친구들은 다른 것 같아?"

　"응? 어. 언니는 못 걷잖아."

　이럴 수가. '꽈광!' 하는 소리가 들리는 것 같았다. 우리 사이에 진한 감동을 주는 말까진 기대하지 않았지만 이렇게 냉정할 필요가 있나? 좀 좋게 포장해주거나 돌려 말할 수는 없는 거야? 진한 가족영화의 한 장면을 예상했던 나는 걔의 시니컬한 대답에 상처받고 돌아섰다. 그 특유의 시니컬함이 자신과 다른 몸을 가진 자매를 대하는 하나의 방식이라는 것을 알게 된 건 그로부터 조금 더 시간이 흐른 뒤였다.

　　**지원** 근데 나는 딱히 언니를 설명한 적 없는데. 그냥 언니가 있다고
　　　　 하는 거지.

　어렸을 적 간혹 지원의 친구를 만나게 되면 친구들은 내 휠체어에 대해 놀라울 정도로 무던한 반응을 보였다. 그 또래

아이들은 처음 보는 물건에 시선을 거두지 못하거나 슬쩍 만져보기도 하는데, 지원의 친구들은 마치 나를 이미 알고 있는 것처럼 행동했다. 그때 지원의 표현 방식을 알았다. 지원은 내 이야기를 하고 있었다. 그 속에서 나는 완전히 다른 사람과 똑같은 사람도 아니고 그렇다고 특별한 사람도 아닌, 그냥 언니였다. 덜어내거나 더하는 일 없이 그냥 좀 재수 없고, 못 걷고, 못돼먹고, 그렇지만 어쨌든 내 언니라고.

이렇게 글을 끝맺을 수 있었더라면 얼마나 좋았을까? 아쉽게도 지원에 대한 글은 미완인 채로 막을 내려야 할 것 같다. 함께 사는 사람과 인터뷰를 할 때면 나는 조금 촉촉해진 상태로 녹음기를 끄곤 했다. 현미의 이야기를 들으면서는 함께 나이 들어갈 우리의 모습을 상상했고, 태균의 이야기를 들으면서는 더 자유롭게 말할 용기를 얻은 기분이었다. 하지만 나와 개의 인터뷰는 그 애의 날 선 대답과 자신을 변호하고 싶은 나의 욕구가 환장의 컬래버를 이루어, 결국 일장 연설과 꼰대의 말을 피해 대피한 열일곱의 굳게 닫힌 방문으로 막을 내리고 말았다.

모든 글이 그렇고 모든 관계가 그럴 테지만, 지원을 마주할 때면 해결하지 못한 미완의 것을 발견하곤 한다. 이 울퉁불퉁하고 자칫하면 베일 것만 같은 말줄임표를 어떻게 대해야 할지 몰라 장애가 있는 오빠나 동생이 있는 비장애인 친구들의 이야기를 떠올리며 애써 퍼즐을 풀어보려 할 때도 있다.

　　그렇지만 알고 있다. 너의 입으로 들었을 때 비로소 이해할 수 있는 것들이 있을 거라는 걸. 그래서 글을 완성하지 않고, 청하며 끝내본다. 다시 한번 마주하고 이야기해보자고. 우리가 또 마주 앉을 때 나는 네 대답을 듣고 다시 엉엉 울던 비극의 한가운데로 떨어지게 될까? 아니면 네가 나를 세상에 소개해줄 때처럼 어깨가 으쓱해질까? 네게 질문하는 건 큰 스릴을 안고 뛰어드는 일만 같다.

# 쮸, 꾸미

휴학을 했다. 벌여놓은 일이 너무 많았기 때문이고, 비대면 수업 방식이 너무도 맞지 않았기 때문이다. 기가 막힌 휴학 계획을 세우고 (아무도 시키지 않았지만) 현미와 태균한테 프레젠테이션까지 하면서 휴학 신청을 했다. 매일 아침 일찍 일어나 하루를 알차게 쓸 계획이었다. 정말 그랬단 말이다.

새사람이 되기로 마음먹은 김지우는 새하얗고 밝은 방에서 눈이 부셔 잠에서 깨어난다. 집 안은 아주 조용하다. 함께 사는 사람들은 모두 각자의 일터와 학교로 향했다. 나는 침대에 가만히 누워 눈을 끔뻑인다. 오늘 하루도 절반을 날려 먹었다는 생각으로 눈을 뜨자마자 기분을 망치는 중이다. '왜 이제 일어났지? 분명 잠깐 일어났던 것 같은데?' 하며 몸을 뒤척이다가 뭔가 묵직한 덩어리를 눈치챈다. 아, 이거다. 내 늦잠의 원인! 고양이 꾸미가 내 다리 사이에서 잠을 자고 있다.

고양이는 인간의 게으름에 크게 일조하는 동물이다. 이른 아침에 눈을 떴다가도, 내 몸 어느 구석에 붙어 자기 몸을 동그랗게 말고 색색 자고 있는 고양이를 느낄 때면 세상 모든 것이 온화해지고 안전해진 것 같은 착각이 든다. 그래서 지금 이 고양이와 함께 다시 눈을 감는 게 어느 일보다 우선해야 할 가장 행복한 일이라는 확신 속에 잠으로 빠져드는 것이다.

나는 사람인 현미, 태균, 지원 말고도 동물인 쮸, 꾸미와 산다. 첫째는 이제 9년을 살아온 개 쮸다. 까슬까슬하기도 부드럽기도 한 짧은 갈색 털을 가진 이 개의 얼굴에는 흰 줄이 하나 세로로 그어져 있다. 이 무늬 탓에 '나 개 좀 안다!' 하는 사람들은 산책하는 쮸를 지나치며 "쟤는 웰시코기네!" 하고 말하곤 하는데, 쮸는 웰시코기의 'ㅇ'과도 관련이 없다. 쮸는 할아버지 산에서 잡힐 듯 잡히지 않으며 살아가는 반 들개 흰둥이와 누렁이의 딸이다. 어릴 적 산에서 만난 이 개는 도시로 상경해 이제까지 서울 개로 잘 살고 있다. 들개 특유의 날렵함과 민첩함은 잃어버린 지 오래지만, 목청만큼은 여전히 온 산을 뒤흔들 정도의 성량을 유지하고 있다.

둘째는 이제 두 살이 된 고양이 꾸미다. 눈치챈 독자들도 있겠지만 이 둘의 이름을 합치면 쮸꾸미가 된다. 쮸를 가족으로 맞이했을 때부터 다른 동물을 키우게 된다면 '꾸'와 '미'로 이름 짓겠다는 원대한 계획이 있었으나, 셋째는 무리라는 것을 인정한 이후로 '꾸미'라는 이름을 줄 둘째를 기다렸다. 꾸미가 태어나기 전부터 우리는 꾸미를 기다려온 셈이다.

꾸미는 합쳐도 재미있는 이름이지만, 꾸미, 꾸미, 꿈이, 꿈, …… 부르다 보면 예쁜 단어가 되어서 혼자 있어도 참 좋은 이름이다. 그 애의 털도 첫째처럼 짧지만 쮸의 힘 있는 털과 다르게 어느 방향으로 쓸어도 부드러워서 자꾸만 만지게 된다. 그 애의 눈은 옆에서 보면 아주 투명하고 앞에서 보면 노란 바탕에 동공으로 갈수록 오묘한 초록빛이 돈다. 몸은 어디를 만져도 말랑하고, 들어 올리려고만 하면 물처럼 변해서 스르륵 빠져나가 버린다. 단련한 적도 없는데 온몸이 근육으로 가득한 쮸와는 정반대의 몸이다.

몸이 다른 것처럼 쮸와 꾸미의 성격 역시 정반대다. 모두 전형적인 '개'의 성격과 '고양이'의 성격을 정면으로 돌파한다. 첫째는 덤덤하고 무던한 성격이다. 까칠하기도 하다. 치대지도 않고, 스킨십도 그리 좋아하지 않는다. 자고 있을 때 옆에 누우려 하면 화를 내고 가버리기도 한다. 개의 전매특허, 던지기도 그리 좋아하지 않는다. 세 번. 그것이 쮸의 인내심의 한계다. 장난감을 던져주면 딱 세 번 다시 물어 오고, 그 이후에 던지면 던져진 쪽을 한 번, 나를 한 번 바라본다. 마치 '야, 내가 가져왔는데 그걸 왜 다시 던지냐?' 하고 따지는 것만 같다. 결국 다시 주워오는 건 내 몫이다.

고양이 꾸미는 다르다. 꾸미가 가장 좋아하는 놀이는 공놀이다. 나는 7년 동안 개와 살면서 해소하지 못한 던지기 놀이를 고양이와 다 했다. 폼폼이라고 불리는 작은 공 모양 솜뭉치가 꾸미의 보물이다. 그 애는 지치지 않고 계속 공을 물고 돌아온다. 그러곤 내 앞으로 와서 톡 하고 공을 떨구고 앞발로 슬쩍 밀어 내게 닿도록 한다. 다시 던져달라는 말이다. 이 놀이는 꾸미가 공을 잃어버리거나 내가 잠이 들어야 끝난다. 덕분에 우리 집 소파 뒤에는 폼폼이가 스무 개 정도는 들어있다. 알다가도 모를 동물들이다. 사람들이 흔히 생각하는 전형적인 성격을 거부한다는 점에서 묘한 동질감도 느낀다.

동물 가족과 함께 사는 우리 집은 조용할 날이 없다. 하루에 한 번씩은 비명과 뭔가 무너지는 소리가 나는 곳이 우리 집이다. 이 글을 쓰는 지금도 나의 사람 동생인 지원이는 바닥에 쓰러져 있다. 고양이 꾸미가 걸어가던 동생의 발을 걸었기 때문이다.

"아니, 언니도 있는데 왜 나만 발 거냐고!"

머리를 바닥에 처박은 상태로 지원이 볼멘소리를 한다. 속으로는 약간 고소하다고 생각하면서 그 말을 무시하다가, 문득 나의 동물 가족들이 공유하는 '약속'을 발견한다. 약속에 대해 말하기 전에 쮸, 꾸미의 행태에 대해 고발하는 시간을 갖겠다.

고양이 꾸미는 사람의 다리에 머리를 비비는 것을 좋아한다. 기분이 좋을 때는 다리 보폭 사이를 요리조리 지나다니기도 한다. 딱 한 가지 문제가 있다면 사람의 사정을 생각하지 않는다는 것이다. 덕분에 지원은 하루에 한 번씩은 넘어진다. 현미나 태균도 마찬가지다. 잘 걷던 이들이 움찔하고 비틀거리면, 고양이 꾸미가 다리 사이를 지나갔거나 앞발을 뻗어 발목을 잡은 것이다.

개 쮸도 마찬가지다. 슬리퍼를 신고 다니는 사람이 그 애의 타깃이다. 그런 사람을 발견하면, 쮸는 꼭 입으로 슬리퍼를 물어 넘어뜨리거나 신발을 빼앗아 간다. 또 8킬로그램이 넘는 단단한 몸으로 높이 점프해 사람들을 발로 찰 때도 있다. 보통은 간식이 먹고 싶어서 그렇게 한다. 튼튼하게 서 있는 사람도 몸이 휘청일 정도로 그 일격은 치명적이다.

이 악랄한 동물들은 단 한 치의 자비도 없이 같이 사는 인간을 서로의 방식으로 공격한다. 하지만 딱 한 가지 공유하는 약속이 있는데, 내게는 그 어떠한 치명적인 일격도 사용하지 않는다는 것이다. 나는 나의 개와 고양이가 나를 대하는 방식에 대해 생각한다. 쮸는 나와 9년을 살아오면서, 내가 수없이 넘어지고 또 깨지는 순간을 목격했다. 그러니 이 인간은 건드리면 크게 다치겠다는 것을 학습한 것일 수 있겠다. 하지만 집 안에서도 걷기를 그만둔 지금, 가족이 된 지 얼마 되지 않은 고양이마저 내가 일어서기만 하면 비비적대는 것을 멈추는 것이 신기하기만 하다. 쮸 언니가 알려준 것일까?

나보다 훨씬 작은 동물 가족들이 보이는 배려를 발견할 때면 세상에서 가장 소중한 사람이 된 것만 같은 기분이 든다. 아니, 배려가 아니라 '함께 사는 법'을 알아내는 것이라고 말하고 싶다. 내가 쮸, 꾸미를 사랑하고, 사랑하기 때문에 이들이 무엇을 좋아하는지 매일 살피는 것처럼. 나의 개와 고양이도 주의를 기울여 사랑하는 인간을 어떻게 하면 다치지 않게할 수 있는지 관찰하는 것이다. 그것을 눈치채면 동물과 산다는 것은 일방향적으로 사랑을 전하는 것이 아니라 서로 마음을 주고받는 교감이라는 걸 알게 된다.

그래서 오늘도 다리를 애매하게 벌리고 겨드랑이는 오픈한 채 잠들 것이다. 나를 다치지 않게 하는 방법을 아는 개 그리고 고양이와 함께 잠들기 위해서다. 이 이상한 자세는 수년간 그 애들을 관찰하며 터득한 것이다. 그러면 또 쮸, 꾸미는 그 자리에 와서 나를 핥다가, 몸을 둥글게 말아 내 몸에 기대어 잠들 것이다. 우리는 서로 호흡의 간격이 점점 비슷해지는 것

을 어렴풋이 느끼며 잠에 빠져든다. 함께 사는 법을 늘 주의 깊
게 관찰하는 이들의 잠자리는 그렇다.

**2**

**없어 보이게
말하기 달인**

# 무계획적인 계획 강박 인간


근데 너희는 대학 졸업하고 뭐 할 거야?


시답잖은 이야기를 하던 동기들과의 톡방에 사뭇 진지하고 건설적인 답변을 요구하는 질문이 올라왔다. 스물두 살에게 가장 크고 무거운 질문이었다. 생각하고 있는 진로 계획과 목표 직업 리스트가 주욱 올라오는 톡방에 '지금 한 치 앞도 보이지가 않아'라고 답장했다. 유니콘이 되면 갈기 색은 어떤 게 좋겠냐거나, 냉동 인간이 되어 얼었다가 깨어나면 가장 먼저 무슨 말을 하겠냐는 질문에 답변하는 게 더 쉬워 보였다.

답장 그대로 나는 30분 뒤에 어디 있을지도 예측할 수 없는 무계획 인간이다. 대체로 인생을 사는 모습이, 집에 가던 길에 무작정 지하철에서 내려 머리를 자르러 간다거나, 기분이 울적하면 갑자기 바로 다음 날 기차표를 예매한다든가 하는 식이다. 내가 세상에서 제일 싫어하는 것은 계획을 세우는 일이다. 하루를 성실히 살아가려고 완벽한 플랜을 짜두면 다음 날 아침 늦잠을 자게 된다. 그리고 졸린 눈을 비비며 친구들이 있는 톡방에 '이래서 계획을 세우면 안 돼. 기분만 나빠진다고'라며 채팅을 남기는 게 아침 루틴이 된다.

기숙사 입주 신청 기간을 놓쳤을 때 갑자기 휴학하기도 했다. 현미와 태균한테는 '장기화된 코로나 사태로 인한 대학 생활의 매너리즘'이라고 설명했지만, 사실 제일 큰 이유는 이런 내 성향 때문이다. 덕분에 내 하루하루는 그 자체로 모험이다. 무슨 일이 벌어질지 전혀 모르는 삶. 이렇게 흥미진진한 인생이 어디 있겠는가.

하지만 반대로 난 엄청나게 계획적인 인간이기도 하다. 아마 이 정도까지 계획을 세우는 사람은 정말 드물 거라고 자부하는데, 나는 발을 옮기는 한 걸음 한 걸음을 모두 계획한다. 여기에는 집 안에서 움직이는 동선까지 포함된다. 마치 몇 분 몇 초의 간격으로 숨을 쉴지, 지금 입 안에 있는 혀를 어디에 두어야 할지 계획을 짜는 것처럼 말이다(이 글을 읽는 순간부터 당신의 혀 위치가 신경 쓰인다면 내 계획은 성공이다).

나의 걸음은 벽에 손을 짚고, 잠시 숨을 고르면서 눈으로는 바닥을 스캔하고, 혹 넘어졌을 때 어딜 짚어야 하는지, 언제 어디서 한 발을 반대 각도로 돌리고 회전할지를 모두 계산한

후 손을 떼고 목표 지점까지 이동하는 것 전체를 말한다. 임기응변이 통하지 않는 동작이기도 한데, 만약 정확히 계산한 경로에 뭔가 끼어든다면 (이를테면 물건이 넘어진다든가 예상하지 못한 사람이 등장한다든가 하면) 내 근육은 즉시 움직임을 멈추고 뻣뻣하게 굳을 것이다. 그러면 모든 것을 슬로모션으로 느끼며 홀로 다른 시간대에 존재하다가 바닥과 마주하곤 한다.

뇌성마비의 걸음이란 그렇다. 한 발자국 한 발자국, 손을 흔드는 타이밍까지 계산해야 안전하게 걸을 수 있다. 나는 나의 걸음이 파쿠르Parkour와 비슷하다고 생각한다. 위험한 걸음을 아슬아슬 내디디며 주변 사물을 획획 짚으면서 이동하는 모습은 영락없는 익스트림스포츠다. 한번 잘못 계산하면 크게 다칠 수 있기에, 나의 걸음은 가장 무계획적인 인간이 하는 가장 치밀한 계획 세우기다.

그런데 또 장애와 함께 살아간다는 것은 계획이 잘 통하지 않는 삶이기도 하다. 가장 개인적인 부분에서는 발걸음의 수까지 계산하지만 집 밖에서 한 발자국, 아니 한 바퀴 자국이라도 떼면 그때부터 나는 또 세상에서 제일 계획적이지 않은 사람이 된다. 아니, 계획적이지 않다기보다는 계획적일 수 없다는 말이 더 맞겠다. 장애를 가지고 살아가는 삶은 임기응변의 삶이다. 어느 곳에 가든 예상되는 일이 별로 없다. 늘 새로운 장벽을 만나고 새로운 빌런을 만난다. 나는 적당히 맞서 싸우고 적당히 져주면서 살아간다.

지도 앱을 켜는 순간부터 임기응변은 시작되는데, 보통 화면에 뜨는 예상 시간은 나의 움직임과 완전히 유리되어 있다. 하지만 난 또 보이는 대로 믿어버리는 순진한 마음을 가지고 있어서 예상 시간이 40분이라고 뜨면 정확히 40분, 아니 사실 35분 정도가 남았을 때 출발하고 마는 것이다(반성한다).

그러고는 지하철 엘리베이터를 기다리느라 눈앞에서 지하철을 놓친다든지, 호기로운 마음으로 대합실로 올라오면 엘리베이터가 있는 출구와 내가 가야 할 장소가 정반대라든지, 엘리베이터가 고장 났다는 안내문을 본다든지 하는 일을 꼭 마주친다. 환승을 하려면 리프트를 다섯 번 타야 한다거나 출구로 나가 100미터 정도를 가서 다시 내려가야 하는 일 역시 다반사다.

그리고 이런 건 절대 지도에 나오지 않는다. 나는 또 어떻게든 환승을 하고, 죽지 않게 해달라고 기도한 뒤 리프트를 타거나 휠체어로 한 정거장을 굴러 다음 역에서 타든 하면서 대충 살아간다. 그래서 도통 계획적으로 살아갈 수가 없다. 나도 1분 1초를 귀하게 쓰고 싶은데, 이 세상이 자꾸만 나를 리듬에 몸을 맡기고 살아가는 사람으로 만든다.

잔뜩 취하기로 마음먹은 날 (이것도 계획이라면 계획인데) 도착한 충무로역에서 나와 친구들은 '고장'이라는 성의 없는 안내문만 붙어있는 엘리베이터를 마주했다. 밑에 쓰인 전화번호로 전화를 걸어 "저기, 제가 휠체어를 타고 있는데요. 여기 엘리베이터 이용이 어렵나요?"라고 묻자 전화를 받은 이는 "네, 고장이에요"라고 답했다. 마치 유명한 "아저씨, 여기 우체국 가는 길 아세요?" "응, 알아" 짤을 본 것만 같은 기분이었다.

화를 겨우 참고 "그르면 …… 뭐, 다른 츨그에 엘리베이터 그 있다든그 …… 리프트그 있는 츨그는 있다든그 …… 하는 걸 알려즈시겠스요?"라고 친절하게 물어보았으나 그는 또 역시 물어본 만큼만 답변을 주었다. 이 엘리베이터 말고 리프트나 다른 길은 없다는 것이다. 나갈 방법이 있냐고 묻자 환승을 해서 다른 역으로 간 뒤 다시 오랬다. 더 할 말을 찾지 못해서 감사하다고 인사를 한 뒤 전화를 끊었다. 뭐가 감사한 건지는 모르겠으나 입에 배어버린 습관이었다.

나와 친구들은 결국 한 걸음에 한마디씩 욕을 내뱉으며 에스컬레이터로 올라가기를 택했다. 에스컬레이터 앞에는 휠체어나 유아차가 진입하지 못하게 봉이 세워져 있었으므로, 나는 한 친구의 부축을 받아 올라가고 나머지 두 친구는 휠체어를 접어 에스컬레이터에 실어 간신히 지상으로 올라왔다. 폭음

하겠다는 계획은 깨진 지 오래였다. 비틀거리는 몸으로 에스컬레이터를 탔다간 내 머리가 깨지든 어디가 부서지든 아무튼 뭔가 대형 사고가 날 것이 충분히 예상되는 시나리오였기 때문이다.

지하철은 '대중교통'이라는 이름을 가지고 있으면서 자꾸 대중이라는 말 안에 장애인이 있는 것은 까먹는 모양이다(버스는 아예 모르는 게 확실하고). 이 글을 쓰고 있는 지금, 혜화역은 전국장애인차별철폐연대의 '불법시위'(역사 안내문의 말을 빌리면 휠체어 승하차)를 막는답시고 역으로 내려오는 엘리베이터를 막아버렸다. 만약 내가 오늘 혜화역에 갈 일이 있었다면, 나는 혜화역에 내렸다가 영문도 모르고 다시 전 역으로 돌아가 한 정거장을 휠체어로 건너고, 지각을 사과하느라 연신 굽신거려야 했을 것이다.

동시에 장애인의 삶에는 아주 세밀한 계획이 요구된다. 제발 하나만 했으면! 미리 알지 않으면 이용할 수 없는 것이 세상에는 너무나 많다. 대표적인 것이 KTX다. 언젠가 촬영의 일환으로 독도에 방문했던 적이 있다. 휠체어석은 매우 적고 특실에 있어 동반 1인을 제외한 일행이 더 많은 돈을 내야 했기에 나와 일행은 휠체어석이 아닌 일반석을 예매했다(내 휠체어는 접을 수 있는 비교적 가벼운 휠체어다. 캐리어를 싣듯 실을 생각이었다).

그런데 승강장에 도착해서야 휠체어 리프트를 연결할 수 없다는 이야기를 들었다. 휠체어 리프트는 탑승 30분 전까지 요청해야 하며, 그마저도 연결되는 칸은 휠체어석이 있는 칸뿐이라는 이유에서였다. KTX를 개통한 지 20년이 넘었다는데, 어느 칸에나 휠체어 리프트를 연결할 수 있게 해야겠다는 생각을 한 관계자는 단 한 명도 없는 걸까?

결국 나는 힘겹게 기어가다시피 계단을 올랐고, 내 휠체어는 접혀 짐칸에 실려야 했다. 그러니까, 충동적으로 기차표를 사서 떠나거나 열차를 놓치고 다음에 들어오는 열차를 타기는 애초 불가능한 일이다. 휠체어석을 알아보고, 예매하고, 그것도 모자라 30분 전에는 도착해 안내 데스크에 휠체어 탄 승객임을 밝히고, 리프트를 이용해야 하는 것이다.

장애인콜택시 역시 내 계획을 가장 많이 망치는 이동 수단이자 그러면서도 계획이 꼭 필요한 탈것이다. 만약 다음 날 아침 8시에 집에서 나서야 한다면, 그리고 그것을 밤에 떠올렸다면 이미 망한 것이다. 아침 출근 시간엔 더더욱 차가 부족해서 아침 7시, 8시, 또는 10시에 택시를 타려면 24시간 전에 미리 예약해야 한다. 그마저도 정말 금방 예약이 끝나곤 한다. 그리고 무계획 인간인 나는 보통 24시간 전에 다음 날 무엇을 할지 떠올리는 일은 없으므로, 종종 예약을 놓친다. 예약을 놓치면 그다음 날 최소 두세 시간 전에는 일어나 준비를 끝내고 차를 예약해야 한다. 그러니까, 8시에 나가고 싶다면 6시에는 일어나 준비를 하며 차를 예약해야 하는 것이다.

참으로 부지런한 삶이 아닐 수 없다. 택시 하나 타는 것 가지고 말이다. 가끔 그리 예약했는데 갑자기 30분 만에 나를 놀리듯 차가 와버릴 때도 있다. 그러면 옷을 입다 말고 부랴부랴 집을 나선다. 10분이 지나면 차는 또 떠나버리기 때문이다. 이용을 원하는 사람은 많고, 기사님을 무한정 기다리게 할 수 없다는 것도 알고 있다. 하지만 나의 계획을 산산이 무너뜨리고 갑자기 왔다가 사라지는 택시가 야속한 것은 어쩔 수 없다. 카카오 택시를 부르려는데 세 시간 뒤에 온다고 하면, 그러다 불현듯 10분 뒤에 나타나 지금 빨리 안 타면 떠나겠다고 하면 비장애인들은 어떤 반응을 보일까?

나는 그렇게 5분 뒤의 상황도 예측하기 어려운 무계획 인간인 동시에 24시간 뒤의 이동 경로와 발걸음 수까지 계산하는 계획 강박 인간으로 살고 있다. 하나의 몸에 자아가 너무 많아서 헷갈린다. 리듬에 몸을 맡기고 살아가다가도 세상은 갑자기 내 삶의 BGM을 덜컥 꺼버리고, 그래서 좀 계획적이고 진지하게 살아갈라치면 휘몰아치는 EDM을 틀어 원하지 않는데도 비트를 타게 한다.

조용히 좀 살고 싶어라!

# 여러 개의 시선을 관리하는
# 매뉴얼에 대한 고찰

    초등학교 4학년 때 운동회, 중학교 수련회 장기자랑, 고등학교 합창 대회. 누군가에게는 이 행사들이 학창 시절 인상 깊은 일이거나 긴장되지만 즐거웠던 순간으로 기억될 것이다. 내게는 다르다. 이 모든 순간은 내게 '더는 참여하지 않기로 결심한' 날들이다. 수많은 시선이 내 몸에 꽂히는 것을 견딜 수 없었기 때문이다.

    뇌성마비인 몸은 '강직'이 아주 심한데, 여러 시선이 날아드는 순간 그것은 순식간에 몸을 점령한다. 나는 강직도가 아주 높은 사람은 아니지만 긴장하는 순간 뇌성마비는 내 몸속에서 불쑥불쑥 튀어나와 근육과 관절을 딱딱하게 굳힌다. 언젠가 한번 병원에 있을 때 같이 입원했던 뇌성마비 아동을 돌보는 할머님께서 도대체 강직은 어떤 느낌이냐고 물은 적이 있다. 나는 "음 …… 제 경우는, 강제로 계속해서 기지개를 켜는 기분이에요"라고 대답했다(물론 그 아이는 나보다 강직이 더 심했기 때문에 기지개의 느낌 정도가 아니라 고통을 수반하는 괴로운 일이었을 것이다).

아침에 일어나 찌뿌둥한 몸을 쭉 펴고 늘렸을 때, 온 근육에 힘이 들어가며 허리가 젖혀지는 그 느낌. 잠깐은 시원하지만 그런 팽창이 계속된다면 즐거울 리 없다. 팔다리는 원하지 않는 방향으로 이리저리 뻗칠 것이고, 그 상태가 유지된다면 긴장한 근육이 아파올 테니 말이다. 통제되지 않는 신체를 많은 사람 앞에서 들키고 싶은 사람은 없을 것이다.

내 몸은 아주 솔직하다. 나의 강직은 상황과 장소를 가리지 않는다. 아니, 외려 이 녀석은 제발 나타나지 말라고 비는 순간에만 등장한다. 나의 경우, 가장 처음에는 두 다리가 마음대로 앞으로 뻗어진다. 혹 당신이 내가 당신에 대해 어떻게 생각하는지 궁금하다면 내 다리를 슬쩍 보면 된다. 내 발목과 다리가 뻣뻣하게 굳어 휠체어 발판을 벗어나 있다면, 당신을 아주 좋아해서 긴장했거나 당신과 함께 있는 시간 자체를 어색하게 여기거나 둘 중 하나다. 거기서 더 긴장하면 팔과 손가락이 굳기 시작한다. 어깨는 잔뜩 움츠러들고, 원하지 않는 방향으로 이리저리 몸이 튀게 된다.

모르는 이에게 감정을 들키는 것은 즐겁지 않은 일이다. 하지만 강직 덕에 20미터 밖의 사람도 내가 긴장했음을 알 수 있다. 또 그 알아챔을 내가 알아채게 되면 몸은 더 굳어간다. 학교에 다닐 때 나는 단상 위에 올라갈 일이 잦았다. 좀 잘났기 때문이다. 상을 받거나 발표를 하거나 때로는 노래를 부르려고 무대에 올라야 했다. 그런데 휠체어 탄 학생 중에는 무대에 오를 이가 없다고 여기는지, 내가 살아오면서 본 모든 단상은 거짓말처럼 계단으로만 설계되어 있었다. 다음 순서를 기다리는 많은 눈이 내게 꽂힐 때면, 강직에 점령당한 나는 정말 한 발자국도 떼기 어려워지곤 했다. 삐걱대는 몸을 들키기 싫었다. 그래서 같은 반 친구들과 춤추는 것을, 수련회 무대에서 움직이는 것을, 목소리를 한데 모아 노래하는 것을 포기했다. 강제로 솔직해지는 일은 달갑지 않았다.

주변에서 웃음이 터지거나 소곤대는 말소리가 들리면 그것이 나와 연관되어 있을 것만 같은 때도 있었다. 자연스레 신경이 날카로워지고 속은 울렁거렸다. 그래서 수많은 눈앞에 서게 될 때면 미간을 찌푸리고, 나를 보조해주는 이에게 도리어 화를 냈다. 아니, 그렇게 잡지 마시라구요. 빨리 밀어주세요. 이쪽으로 가자니까요. 그때의 나는 분명 화가 났음에도 그걸 어디에 표출해야 할지를 몰랐다. 그래서 이 불편한 순간을 조금이라도 오래 계속하게 하는 모든 것에 짜증을 냈다. 시선을 거두지 않는 이들에게 화를 내야 한다는 걸 깨달은 건 조금 더 시간이 지나서였다.

　많은 시간이 흘렀고, 언젠가부터 더는 화도 짜증도 내지 않게 되었다. 여기에는 여러 이유가 있는데, 먼저 눈치 보지 않고 화내는 성격 나쁜 친구들을 만났기 때문이다. 이 애들은 내게 불쾌할 정도로 따라붙는 시선을 눈치챌 때면 시선의 주인을 빤히 쳐다보는 것은 물론이고, "뭘 봐?" 하고 시비를 걸기도 한다. 간혹가다 정말 싸움이 붙을까 봐 무서워 말릴 때도 있을 정도로 이 애들은 제멋대로다.

　하나 난 그제야 내 화가 어디로 향해야 할지를 알았다. 나 자신이나 나를 보조하는 누군가가 아닌, 나를 한 번 더 쳐다보는 저 사람이 무례한 거라고, 화를 내도 괜찮다고 생각하게 되었다. 두 번째 이유는 무뎌진 것도 있었고, 피할 수 없다면 무시하고 즐기는 쪽을 택해보기로 결정했기 때문이다. 그러고 나니 움츠러들기보다는 어떻게 하면 재치 있고 우아하게 시선을 받아낼지 보이기 시작했다.

　애초에 시선을 참아내는 것에 역치가 높다는 것도 알게 되었다. 알고 지내던 특수교육 담당 선생님께 들은 이야기가 생각난다. 장애학생들과 실습을 나갔다 돌아오던 때를 회상하며 그는 이렇게 말했다.

　"그 학생을 집에 내려다주고 난 휠체어를 반납하려고 가지고 돌아가는데, 다리가 너무 피곤해서 지하철에서 잠깐 휠체어에 앉아있었어. 그런데 갑자기 사람들 시선이 너무 많이 느껴지는 거야. 모든 사람이 지나가면서 한 번씩은 날 쳐다봤던 것 같아. 너무 당황스럽고 부끄러워서 5분도 못 가서 다시 일어났어."

그는 그 시선을 감내하는 내가 대단하다고 했다. 잠시나마 장애를 '체험'*해본 그의 깨달음에 감사의 마음을 표할 수

＊나는 '장애 체험' 활동을 그리 좋아하지 않는다. 장애와 함께 살아가는 몸들은 다들 각기 다른 방식으로 자신의 몸에 적응하며 존재하고 있다. 매 순간이 불행하고 불편하지는 않을 것이다. 비장애인이 몇 분간 장애를 체험한다고 해서 장애인이 겪는 어려움이나 인프라의 부족, 사회적 차별을 눈치채기는 쉽지 않다. 체험하는 이들이 주로 가져가는 감상은 '정말 불편했어요'인데, 자신의 신체와 다른 신체를 갑자기 경험하면 당연히 불편이 따라온다. 그들이 느껴야 할 것은 장애로 인해 촉발되는 불편함이 아니라, 사회가 만들어내는 '장벽'이다. 정말 장애 체험을 하고 싶다면 '안전한 공간'에서 잠깐 눈을 가리고 입을 막고 휠체어를 타는 것이 아니라, 눈을 가리고 편의점에 가서 원하는 제품을 사보고, 휠체어를 타고 충무로역에서 환승을 해보는 것은 어떨까. 이 '안전하지 않은' 일상의 공간에서 장애가 '불편'해지는 이유는 장애 그 자체가 아니라는 것을 바로 눈치챌 수 있을 것이다.

도 있었지만, 사실 속으로 '훗, 그 정도 시선도 견뎌내지 못하다니. 나약하시군요'라고 생각했다. 그가 느낀 '당황스럽고 부끄러운' 시선은 내게는 늘 받아오던 기본값이어서 평소에는 눈치채지도 못할 정도의 수준이다.

그때부터 여러 시도를 했다. 주체적으로 뭔가 바꿔보려는 시도를 한 적도 있다. 그 과정은 마치 게임 같기도, 연극 같기도 해서 늘 재미있다. 나를 무례하게 대하는 이를 (나 혼자지만) 놀리고 희롱할 때 묘한 정복감마저 느껴진다. 다음은 내가 시선을 즐기려고 해본 행동이다.


**눈싸움하기**

---

장소: 보통 지하철

상황: 평화로운 지하철에 덜커덩 소리를 내며 누군가가 급박하게 올라탄다. 바로 휠체어를 탄 나다. 지하철에 앉아있던 승객 1은 만지고 있던 휴대전화를 손에 쥐고 흘끔흘끔 나를 쳐다보기 시작한다. 이윽고 좀 더 대범해져서, 그는 대놓고 내게서 시선을 돌리지 않는다. 오래 보아도 무엇이 그리 신기한지 이리저리 훑는 것 같기도 하다.

전략: 나를 쳐다보는 행위를 눈싸움 신청으로 간주한다. 그 사람이

시선을 두는 시간만큼 나도 그와 눈을 맞춘다. 사람들 대부분은 이 순간 흠칫 놀란다. 관찰 대상이 똑바로 눈을 뜨고 자신을 마주한다는 것 자체로 관람객들은 소스라치게 놀라곤 한다. 그들은 곧 눈을 피한다. 그러면 나는 승리한 것이다. 이 방법으로 나는 매일매일 승리하는 삶을 산다. 다만 단점은 가끔 질 수도 있다는 것이다. 끝까지 눈을 피하지 않는 사람들이 가끔 (사실 꽤 자주) 있다. 눈알 단련을 더 열심히 해야겠다는 다짐이 드는 강한 상대다.

## 화장하고 빡세게 옷 입기

장소 ː 거의 모든 곳

상황 ː 유독 꾸미고 싶은 날

전략 ː 그런 날이 있다. 세상 누구보다 튀고 싶은 날. 이미 난 꽤나 튀는 특성을 지니고 있지만 그것보다 더더욱. 그럴 때는 매일 입던 추리닝을 벗어두고 신경 써서 옷을 고른다. 풀-헤메도 한다. 화장하고 옷을 맞춰 입은 시간이 아까워서라도 다른 이들의 관심은 환영이다. 밖으로 나선다. 여느 때와 같이 어김없이 따라오는 시선을 모두 존경과 부러움, 혹은 매혹됨의 의미로 내 멋대로 치환한다. 흘끔흘끔 쳐다보는 이들이 있으면 '뭘 봐. 이쁘냐?'라고 생각한다. 건방지지만 효과적인 방법이다.

## 휠체어 꾸미기

장소와 상황은 위와 같음

전략: 허락하지 않은 시선은 대체로 같은 패턴을 가지고 있는데 먼저 내 얼굴을 보고, 다리를 훑고, 휠체어로 연결되는 게 하나의 수순이다. 특히 휠체어에 오랜 시선이 머물거나 심지어는 휠체어를 만져보는 이들도 있다. 그 불쾌감을 바꾸려고 해본 일이다. 휠체어에 래커로 색칠을 하거나 힙한 스티커를 사서 덕지덕지 붙인다. 엿을 날리거나 쳐다보지 말라는 메시지를 담은 직접적이고 위협적인 디자인의 스티커도 포함해서 말이다. 그러면 더는 저 시선이 내 휠체어가 멋있어서인지, 그냥 장애인을 흘끔흘끔 쳐다보는 것인지 구별되지 않기 시작한다. 또 생각하면 된다. '뭘 봐. 휠체어 간지 나지?' 실제로 좋아해주는 어린이들도 있는데, 이때는 비꼬는 게 아니라 진심으로 행복해하고 고마워하면 된다. 스티커가 좀 남으면 나눠주는 것도 좋다. 나는 특히 빨간 휠체어에 붙어있던 해골 스티커가 멋지다며 좋은 평가를 받았다. 고마워요, 어린이!

## 이 모든 게 연극이라고 생각하기

장소﹕특히 자주 가지 않는 곳에 처음 등장할 때

상황﹕지하철 칸, 새로 간 식당, 극장 등에 휠체어 소리를 크게 내며 등장한다. 처음 보는 이들의 눈이 모두 내게 꽂힌다. 몇몇은 곧바로 시선을 거두고, 몇몇은 조금 더 오래 바라보고, 혹자는 내가 자리를 잡는 그 순간까지 움직임을 관찰한다.

전략﹕나는 곧잘 무대 위의 당당하고 거만한 인물을 연기한다. 크리에이터의 직업병인지, 혹은 언제든 따라오는 시선에 무뎌진 것인지 모르겠으나 꽤나 자주 내가 연기하고 있다고 생각한다. 어쩌면 사춘기의 특성인 '상상의 관중imaginary audience'을 벗어나지 못한 것일 수도 있으나, 아무렴 어떤가? 감당하기 어려운 시선이 쏟아지면 그냥 그 자리가 내 무대라고 생각한다. 그럴 때는 허리를 바짝 펴서 휠체어 등받이에 붙이고, 턱을 높게 쳐들어 자존감 높고 어디서나 당당한 캐릭터를 연기한다. 관객의 시선은 보이지 않는다는 듯이.

실제로 위의 방법들은 모두 얼마간 도움이 되었다. 하지만 여전히 뭔가 찝찝한 기분을 느낀다. 다른 사람이 시선에 괴로워할 때도 이 매뉴얼을 추천할 수 있을까? 그러고 싶지 않다. 이 방법들은 '언제나 당당하고 매력적이며 예쁜' 인물을 연기해야만 사용할 수 있기 때문이다. 당연하지만 나는 우울할 때도 있고, 얼굴을 잔뜩 찌푸리며 쭈그러들 때도 있고, 못생기고 냄새날 때도 있다. 도저히 다른 이에게 맞설 용기가 나지 않을 때도, 그냥 숨어버리고 싶을 때도 있다. 사실 나는 '피할 수 없으면 즐겨라'보다 '즐길 수 없으면 피해라' 파다.

허리를 꼿꼿이 세우고 길을 다니면서도, 언제나 머릿속에는 해결하지 못한 질문이 떠돈다. 내가 바뀌지 않고도 담담하게 삶을 살아가는 방법은 무엇일까? 나를 사랑하지 않고도 다른 사람의 시선에 맞설 수 있을까?

# 뻥!

지난여름 KBS joy의 예능 프로그램 〈실연박물관〉에 출연했다. 내 채널에서 연애 이야기를 한 후 해당 방송의 작가님에게서 섭외 요청이 왔기 때문이다. 내 채널이 아닌 다른 곳에서 사적인 이야기를 하는 것이 부담스러웠지만, 딱히 새로운 이야기를 할 것은 아니라 수락했다. '대개 헤테로hetero의 연애나 비장애인끼리의 연애만을 다루는 방송에서 다른 형태의 사랑을 보여주고 싶다'는 작가님의 말도 마음을 움직였다.

스튜디오에서 간단하게 한 시간 정도 촬영을 했다. '이별하고 싶은 물건/사람과의 이별을 도와준다'는 방송 콘셉트에 따라 '색안경'과 이별한다는 설정이었다. '장애인-비장애인 연애의 색안경을 버려주세요'라는 제목으로 방송은 송출되었다. 지난 연애에 대해 이야기해야 했기 때문에 최대한 전 애인의 이야기를 빼고 나의 이야기 위주로 MC들의 질문에 맞춰 말을 이어갔다.

토크는 그와 연애할 때 경험한 어이없던 일이 주가 되었다. 나와 손을 잡고 걷는 그에게 박수를 친 사람, 데이트하는 우리에게 다가와 느닷없이 음료를 사주겠다고 한 사람, 횡단보도를 건너는 우리를 따라오며 그를 끊임없이 칭찬하던 사람. 내 채널에서 공개한 내용을 MC의 질문에 맞춰 순서만 바꿔 이야기했다.

촬영은 그렇게 좋지도 나쁘지도 않았다. 연출인지 진심인지는 모르겠지만, 스튜디오에 들어설 때 싸늘해지던 분위기나 나의 이야기를 듣고 '이상한 사람 하나를 만난 건데 일반화하지 말라'는 뉘앙스로 말하던 MC의 멘트는 매우 달갑지 않았다. 모든 출연자는 세트 뒤 문을 열고 나와 계단을 세 칸 정도 내려와 자리에 앉게 되어 있는데, 나만 다르게 입장하는 것도 신경이 쓰였다. 다만 연락하신 작가님의 기획 취지에 공감했고 작가님과 촬영 대기실에서 나눈 대화는 좋았기 때문에 그럭저럭 불편하고 염려되는 마음을 상쇄시킬 수 있었다. 작가님을 보고 '이런 사람이 만드는 방송이라면 괜찮겠다' 하는 생각도 들었다.

큰 채널에 나오는 것이라 걱정은 되었지만, '내가 만난 사람들을 한 개인으로만 보지 말아달라. 편견은 거대하게 자리 잡고 있고, 장애-비장애 커플의 관계를 한쪽의 희생으로만 치부하는 사회적 시선이 만연하다'라는 이야기를 강조하고 싶다고 작가님에게 신신당부까지 끝내니 그나마 조금 안심할 수 있었다. 자정 효과가 활발히 일어나는 내 채널과 달리 컨트롤할 수 없는 다른 대형 채널에 노출된다는 것은 여전히 걱정되었지만 이미 내 손을 떠났으니 어쩔 방도가 없었다.

방송을 녹화했다는 것도 잊을 즈음, 본편이 TV에서 방송되었고, 그 중간을 뚝 자른 2분가량의 클립 두 개가 방송사의 서브 채널에 업로드되었다. 서브 채널이고, 본 영상이 아니라 정말 맥락 없이 잘려 썸네일조차 넣지 않은 영상이기에 조회수는 그리 많지 않았다. 댓글도 네 개밖에는 달리지 않았다.

그중 절반이 '솔직해지자. 장애인 소개받고 싶은 사람이 어디 있냐?'라는 논조였으나 예상한 반응이라 그리 놀랍지도 않았다. 그 밑의 답글에는 그를 비판하는 사람과 자신의 입장을 옹호하는 사람의 말로 와글와글했다. 덕분에 나는 그 회차 클립 중 단연 가장 높은 조회수를 얻어내기까지 했다. 이후 달린 댓글 중에는 보기 불편한 내용이 없어서 든든한 마음으로 댓글창을 확인하는데, 문득 이런 댓글이 눈길을 잡아챘다.

○○○

↳ 서울대 장애자 전형으로 가지 않으셨나요? 이득만 취하고 자기

## 한테 안 좋은 부분은 고치러 나왔다?

'서울대 20학번 김지우입니다'라고 소개했기 때문에('유튜버 구르님입니다'라고 말하고 싶었는데, 유튜버라고 소개하면 홍보하러 나왔다고 욕하는 경우가 있어서 빼고, 분량을 위해서라도 꼭 대학명을 붙여달라는 당부를 들었다. 홍보 때문에 나간 거 맞는데. 힝) 대학을 두고 왈가왈부하는 댓글이 있을 것이라고는 예상했다. 하지만 연애에 대한 편견을 없애달라는 이야기와 대학을 연관 짓는 건 신선하게 어이없어서 몇 번이고 그 댓글을 읽었다.

도대체 장애인의 연애와 대학입시제도가 무슨 관계가 있는지는 모르겠지만 댓글을 쓴 그는 그것이 동일 선상에 있다고 보는 듯했다. '장애자'라는 말은 또 언제적 말인지. 정정하고 싶은 욕구가 드글드글 끓어올랐다.

하지만 좀 더 생각해보니 그럴 가치를 느끼지 못해서 그만두었다. 연애-대학입시의 어이없는 짝짓기는 신선했지만, '특혜'를 받으니 불평하지 말라는 이야기는 흔하디 흔해서 반박하고픈 의지도 없긴 했다. 인상적인 것은 그 밑에 달린 댓글들이었다. 13개의 댓글이 달렸는데, 약 네 가지 유형으로 분류할 수 있었다.

## 적극적으로 해명하는 경우

↳ 궁금증부터 풀어드려야 할 것 같아서요,

저분 모교에서 장애인 전형으로 가지 않으신 걸로 알려져 있습니다.

↳ 사실도 아닌 댓글 마구 달지 마세요.

이들은 '서울대 장애자 전형으로 가지 않으셨나요?'라는 '공격'에 적극적으로 '해명'한다. 구르님은 장애인 특별전형으로 대학에 가지 않았으며, '정당하게' '다른 비장애인과 겨루어' '높은 성적을 받아' 서울대에 당당하게 입학했다고 말한다. 장애자 전형으로 입학했다는 '사실도 아닌' 댓글을 달지 말라며 주의를 준다.

나는 조금 당황스러워서 눈을 끔뻑이며 이 댓글들을 본다. 언젠가 나무위키에 내 닉네임을 검색했을 때에도, '2020 입시에서 당당하게 수시전형으로 서울대학교에 입학했다'라는 정보가 내가 알지 못한 새에 들어가 있기도 했다. 이렇게까지 '당당한' 입시 스토리를 원하는 이가 누구인지 생각한다. 나도 모르는 새에 사실 확인도 되지 않은 내 입시 스토리를 인터넷에 입력한 사람들은 또 누구인지 생각한다.

○○○

## 장애인 특별전형의 정당성을 설명하는 경우

↳ 능력주의 사회에 절여진 인간들이 할 법한 말. 편법을 쓴 것도 입
학 비리를 저지른 것도 아니고 합당한 기회로 입학한 것이고, 장
애자 전형 내에서라도 성적이 되니까 간 거임. 이런 경우의 소수
자는 그렇지 않은 사람에 비해 불평등을 겪거나 사회적 자본을
충분히 누리지 못했을 가능성이 훨씬 더 크기 때문에 장애자 전
형과 같은 우대 조치를 해줄 뿐임. 이성적인 척 날카로운 척하는
데 남이 볼 땐 그냥 없어 보이고 세상을 참 좁게 보는 사람처럼
보임.

↳ 장애인에게 불리한 부분이 절차적으로도, 사회적으로도 수없이
많기에 장애인 전형이 있는 거고 저렇게 방송에서 바꾸려 노력
하는 사람도 있는 겁니다, 멍청한 인간아.

이들은 '장애인 특별전형'이 왜 우리 사회에 필요한지를
참을성 있게 논증한다. 그 상대가 비록 연애에 대한 편견과 대
학입시제도를 같은 선상에 놓는 논리를 펼치는 이라도. 점잖게

사람들을 앞에 앉히고 차근차근 설명하는 관용을 베푼다.

나는 이들의 말에 매우 동의하고 위로를 얻으면서도, 과연 이 참을성 있는 설명이 악성 댓글을 단 이를 얼마만큼 변화시킬 수 있을지 고민한다. 그리고 참을성 있게 설명하는 이들이 지치지 않을까 걱정되기도 한다. 제대로 된 논증 구조도 없이 남을 까 내리기 바쁜 무례한 이들에게 흐트러지지 않은 모습으로 품위 있게 답장하는 것도 언젠가는 지겨워지지 않을까 생각한다.

○○○

## 역지사지의 자세를 권유하는 경우

↳ 장애인 전형 등 이런저런 복지가 질투 나면 직접 장애인 돼서 서울대 가시면 됩니다! 당신이, 당신 가족이, 당신 친구가 살아가면서 죽을 때까지 전혀 장애인이 되지 않을 거라고 생각하시나 봐요. 머릿속이 꽃밭이라서 참 좋겠다!

↳ 꼬우면 너도 장애인 되어서 그 전형 하던가ㅋ

이들은 '장애인 특별전형'에 대한 적극적인 해명을 하기보다는 '너도 장애인 돼봐라'라고 윽박지른다. 마치 '네가 저런 상황이면 서울대 갈 수 있을 것 같아?'라고 말하는 것 같다. 장애가 없는 몸과 학력을 등가교환하는 것 같아서 묘한 기분이 들지만, 이들의 윽박에 어느 정도 통쾌한 기분이 들기는 한다. 한술 더 떠서, "네 성적으로 특별전형 지원하면 서울대 갈 수 있긴 해?" 하고 말하고 싶은 욕망을 느끼기도 한다. 이전에도 말했지만 난 공부를 잘했다.

○○○

## 아무것도 해명하지 않는 경우

↳ 뿡

마지막으로, 아무것도 해명하지 않는 이들이 있다. 달려있는 악성 댓글마다 방귀를 뀌어대는 이 사람 때문에 우리 가족은 배를 잡고 웃어야 했다. 정말 어느 곳에나 이 사람이 있었다. 내가 동의하지 않는 모든 댓글에 아무 맥락 없지만 무엇보다도 강한 말을 하는, 냄새를 풀풀 풍기는 방귀쟁이. 그의 방귀가 정말이지 너무나 큰 힘이 되었다. 때로는 해명하지 않아도 되는 말이 있다.

다른 이들보다 유독 해명을 요구받으며 살아가는 이들이

있다. '정상성'에서 벗어났다고 여겨지는 이들이 특히 그렇다. 누군가 내게 부정적인 입장을 취할 때 그것은 당신의 오해이며, 나는 정당한 방식으로 삶을 살아왔고, 옳은 일을 했다고 끊임없이 말해야 하는 삶이다. 그 '오해'라는 것이 타인의 삶을 전혀 이해하지 않으려는 그저 힐난일지라도 흥분하지 않고 점잖게 '설명'해야 한다. 조금이라도 감정적인 모습을 보이면 곧바로 '피해망상'이라든가 '예민'이라는 말이 따라오기 때문이다. 소수자의 경험과 감정은 자꾸 공적인 논의에는 포함될 수 없는 주관적이고 별거 아닌 것으로 치부되곤 한다.

나 역시 해명하고픈 욕구를 느낀다. "'도움'받은 주제에 불평하지 말라"는 이야기를 들을 때면, "나는 도움 안 받고도 해낼 수 있으니까 계속 불평할 거야"라고 쏘아붙이고 싶을 때도 있다. 하지만 그럴 때마다 그 해명이 전제하는 것에 대해 생각하곤 한다. 해명하는 순간 나는 자연스레 '도움받는 이들은 목소리 내지 말아야 한다'라는 전제 위에서 말하게 된다. 나 역시 언제든지 경험할 수 있는 취약성으로부터 슬쩍 발을 빼는 셈이 될 뿐이다. 그 해명은 다시 내게로, 또 다른 이들에게로 돌아오는 화살이 된다. 여전히 해명해야 하는 이들은 생기고, 외려 나의 해명은 더한 책임을 지우는 일이다. 동조자가 되는 것이다.

해명하기를 그만두기로 마음먹는다. 해명할 필요가 없는 것에 점잖게 해명하는 것은 때때로 가치 없는 의견을 값진 말인 양 포장하는 일이 되곤 한다. 내게 그런 관용은 더는 없다. 가치 없는 질문과 항의는 가치 없는 말로 되받아치고 싶다. 그러니까, 이렇게. 뿡!

# 별생각 없이, 그냥

"구르님은 어떻게 유튜브를 시작하게 되셨어요?"

영상을 만들고 유튜브에 올리기 시작하면서부터 인터뷰만 하면 꼭 빠지지 않고 등장하는 단골 질문이다. 나는 항상 멋져 보이고 싶은 충동과 진실을 말해야 한다는 양심 사이에서 고민한다. 말을 만들어내려면 얼마든지 만들 수 있다. 한국 사회에는 장애 차별이 만연하고, 그런 잘못된 인식을 바로잡고 싶다고. 영상으로 세상을 바꿔보고 싶다고. 이런 대답을 기대하거나 멋대로 결론 짓고는 "힘드실 텐데 유튜버도 하시고 대단하세요!"라고 응원을 보내는 이들도 있다. 하지만 나는 무계획 인간답게 별생각이 없었다. 그래서 결국엔 이렇게 답하고 만다.

"별생각 없었어요. 그냥요."

이런 없어 보이는 대답은 인터뷰에 실리지 않기도 했다. 이렇게 의미 없는 답변이라니. 실은 의미를 담고 싶지도 않았다. 장애가 있는 이가 뭔가를 시작한다는 것은, 큰 대의가 있었다고 해야만 빛을 발할 때가 많다. 그냥 좋아서, 혹은 누군가가 권유해서 재미 삼아 해봤을 수도 있는 일이 장애와 어설프게 섞이면서, 원하지 않아도 대표가 되거나 차별에 맞서 싸우는 활동가가 되거나 히어로가 되는 식이다. 장애를 이겨내보려고 한 적도 없는데 장애를 딛고 일어날 누군가로 소개되곤 하는 것처럼.

장애인이 아무 생각 없이 재미있어 보이는 일을 하면 좋겠다. 실패도 해보면 좋겠다. 그 후에도 다시 다른 일을 해볼 수 있는 안전한 환경을 만나면 좋겠다. 나는 그래서 영상을 만들었다. 초등학교 6학년 때 노트북에 기본 프로그램으로 깔려 있는 무비 메이커를 만져보다가, 마침 5월이기에 반 친구들의 이야기를 한마디씩 모아 스승의 날 기념 영상을 만들었다. 영상을 보신 담임선생님이 감동받아 울었을 때, 영상 만들기를 계속하고 싶다고 생각했다(보통 이 생각이 들면 망한 거라고 한다. 격하게 공감한다. 직업이 되는 순간 모든 건 괴로워진다. 나는 1분 편집하고 한 시간 우는 일을 매주 반복하고 있다).

그때부터 컴퓨터와 카메라는 내 곁에 있었다. 끊임없이 영상을 찍었고, 3년 내내 UCC 상을 휩쓸었다. 친구들과 함께 불 꺼진 학교에 몰래 남아 촬영을 하다가 수위 아저씨께 걸려 현실 화이트데이*를 찍은 적도 있다. 고등학교 때도 계속 영화를 만들었다. 동아리 이름으로 연 첫 영화제에서 MC를 맡았고, 마지막 막이 내릴 때 울려 퍼지던 박수 소리를 들으며 다시금 영상 작업을 계속하고 싶다고 생각했다. 처음 영상을 만들어 올린 원동력은 그것이었다. 박수갈채.

마침 유튜브라는 플랫폼에 일반인들이 많이 진입하고 있었다. 나도 그 흐름에 떠밀려 고등학교 1학년 때 채널을 열었다. "그냥 떠밀려서 유튜버가 됐어요"라는 대답이 얼마나 보잘것없는가. 그래서 이 대답이 좋다. 의미가 없어서. 2017년, '구르님' 자아의 시작이었다. 이름을 지은 연유도 별생각 없었다. 휠체어가 구르니까 '구르리'라는 이름을 이미 오래 쓰고 있었기에 '리'만 빼고 '님'을 붙였다. 좋은 선택이었다. 악플을 다는 사람들도 구르님이라고 존대하는 것을 잊지 않았기 때문이다. 꿀팁, 악플러에게도 존중받고 싶다면 닉네임 뒤에 님을 붙이세요.

채널을 열고 어떤 콘텐츠를 만들지 고민했다. 나는 관종

---

* 국산 공포 게임. 학교를 순찰하는 수위 아저씨에게 걸리면 게임 오버다.

이라 직접 나서서 이야기하고 싶었다. 영화를 만드는 것은 좋았지만 감독은 스크린에 드러나지 않았으니까. 나는 생색내기 달인이라서, 어디든 등장해서 내가 일을 이만큼 했다고 티를 내야 직성이 풀렸다.

그래서 직접 이야기하기 시작했다. 또 이제까지 잘 드러나지 않은 이야기로 콘텐츠를 만들고 싶었다. 장애인의 이야기는 너무나 적었다. 여성이자 청소년이자 장애인인 사람들의 이야기는 더욱 보이지 않았다. '내 이야기'만으로도 이제껏 세상에 나오지 않은 이야기를 할 수 있을 것 같았다. 내 첫 영상은 이런 질문으로 시작된다.

"여러분은 영화나 드라마, 혹은 예능에서 장애인을 본 적 있어?"

나는 어릴 때 어른이 되면 내 '병'이 나을 줄 알았다. 장애가 있는 어른들을 보지 못했기 때문이다. 나와 닮은 사람들은 어디에도 없었다. 커가면서 내 '장애'가 낫지 않는다는 것, 장애와 함께 평생 살아가야 한다는 것을 알고 난 뒤 마흔 살이 되면 스스로 죽을 거라고 말하곤 했다.

희미하기는 하지만, 그런 생각을 처음으로 한 건 초등학교 2학년 때 목욕탕에서였다. 김이 펄펄 끓어오르는 탕에서 어린 나는 소금에 절인 배추처럼 축 처져있고는 했는데, 완전히 숨이 죽어 탕 속으로 빠지지 않으려고 탕 가장자리에 팔을 걸치고 앉아 밖을 내다보는 습관이 있었다. 내 시선은 탕 안이 아닌 바깥으로 향했기에 곧잘 다른 사람들을 관찰하곤 했다.

나랑 나이가 비슷한 것 같은 어린아이, 아주머니들 그리고 할머니. 많은 여성이 목욕탕 안에, 그리고 내 시야에 들어왔다. 문득 할머니들을 보고 그렇게 생각했던 것 같다. '저렇게 나이가 든다면 난 살기 싫을 것 같다'라고. 9년밖에 살아오지 않은 나에게는 그들의 주름진 얼굴이, 굽은 신체가, 묘한 냄새와 약간 쉰 듯한 목소리가 도통 익숙하지 않았다. 물론 입 밖에 내지는 않았고, 이 글을 쓰며 어린 시절의 생각을 고백하는 지금도 얼굴이 홧홧해짐을 느낀다.

조금 더 나이가 들고 나서부터는 누군가를 보며 죽음을 떠올리는 것은 실례라는 것을 알게 되었다. 하지만 여전히, 마흔 살이 되면 죽고 싶었다. 더는 누군가를 보며 살기 싫겠다는 무례한 생각은 하지 않았지만, 나의 나이 듦에는 익숙해지지 못할 것만 같았다. 시도 때도 없이 아파오는 관절이 얼마나 더 닳아갈지가 두려웠고, 어릴 적에는 문방구까지 걸어갈 수 있었지만 시간이 지나 휠체어 없이는 밖에 나갈 수 없게 되자 활동 범위가 얼마나 더 좁아질지 무서웠다.

장애를 가지고 살아가는 할머니의 모습은 볼 수 없었기

때문이기도 하다. 가끔 미디어에 등장하는 그들의 삶은 불행하고 암울하게만 그려졌다. 내 삶도 그럴 것만 같았다.

유튜브를 시작하기 전에는 주변에 장애인이 전혀 없었다. 나는 늘 비장애인 사회 속에서 살았고, 그곳에서 편안함을 느꼈다. 하지만 어디에도 나와 같은 몸을 가진 이는 없었다. 유튜브를 시작하고 나서야 나와 같은 몸, 같은 경험을 한 사람들과 이야기를 나누는 것이 이렇게 재미있는 일인지를 처음 알았다. 장애인콜택시를 타면 허리가 울려서 아픈 것, 사람들의 무례한 행동에 어떻게 대처하는지, 수학여행을 갈지 말지 고민하는 것 등 평범하고 사소한 일이 나만 느끼는 게 아니라는 감각. 여태 살아오면서, 나는 비슷한 '몸'에 대한 공감을 처음 느껴본 것이다. 짜릿했다.

장애를 가지고 살아가는 어린이였던 나와, 지금도 그럴 어린이들을 떠올리기도 했다. 장애가 있는 어린이들에게는 '롤모델'로 삼을 누군가가 부재한다. 롤모델이라는 거창한 이름이 아니더라도 나와 닮았기에 따라 하고 싶고, 뛰어넘고 싶은 사람이 없는 것이다. 보이지 않으면 상상하기 어려워지고, 상상하기 어려워지면 뛰어드는 용기를 내기 어렵다.

나와 닮은 사람들이 보이지 않는 삶, 나와 닮은 어른들은 TV에 나오지 않는 삶은 어떤 삶인가. 그런 삶을 살아오면서 내 미래를 생각하다 쉽게 겁에 질리곤 했다. 막연한 공포, 차별, 편견은 종종 '상상력의 부재'에서 온다. 상상하기 어려우니 대상을 그려보는 것을 포기해버리는 것이다. 그리고는 그 존재가 없는 것처럼 착각하거나 취급해버리게 된다.

그래서 영상을 만들었다. 유튜브를 시작한 것은 '그냥'이었지만, 콘텐츠를 만들 때는 달랐다. 어리고 장애가 있는 여자들의 이야기가 많아지면 좋겠다고 생각했다. 사실 그런 콘텐츠가 제일 필요한 건 나였다.

닮고 싶은 이들을 발견할 때마다 내가 얼마나 상상을 돕는 이들에 목말랐는지를 알게 된다. 내게 롤 모델이 필요 없다고 여겼던 오만한 생각은 여태 나와 닮은 이들을 보지 못했던 결핍에서 왔다는 것을 깨달았다. 나이가 들거나, 장애가 있거나, 비슷한 경험을 공유하는 이들을 마주칠 때의 기쁨을 느끼면서 말이다. 그래서 난 여전히, 닮고 싶은 이들을 더 찾고 싶다. 안주하지 않고 계속 상상하게 하는 이들을 만나고 싶다. 상상은 누군가의 존재를 공고히 하는 것부터 누군가의 죽음을 막는 일까지 다양한 힘을 가지고 있다. 상상하는 힘이란 얼마나 중요한가.

'사람들의 인식을 바꾸고 싶어서' 영상을 만드는 것도 맞지만, 이 문장의 어느 한켠에도 장애인의 자리는 없다. '사람들'이라는 말, 그러니까 예상 시청자에 장애인은 포함되지 않으니까. '장애인들의 장애인에 대한 인식을 바꾸고 싶어서'라는 말은 이상하다. 나는 여태 예상 시청자라고 여겨지지 않았던 이들을 위한 영상을 만들고 싶었다.

그래서 누구나 연대와 공감이 가능한 영상이라는 이유를 꺼내온다. '장애이해교육' 수업에서 틀어주는, 장애학생은 볼 거라고 생각도 하지 못한 듯한 극적 서사 드라마 말고, 장애인의 어려움을 부각시켜 보기만 해도 심장이 조이는 실험 카메라 말고, 그냥 우리 얘기. 때로는 우울하고, 때로는 빡치고, 또 때로는 재미있는 그냥 경험. 잔잔하고 사소한 장애인의 이야기가 듣고 싶어서, 별일 아닌 이야기가 궁금해서, 무사히 할머니가 되고 싶어서 영상을 만든다. 그것뿐이다.

# 보고 싶은 슬픔의 주인공이 된다는 것

석 달 정도 영상을 만들지 못하던 때가 있었다. 한 달, 길게는 다섯 달씩 잠수를 타던 (세미) 유튜버였기에 내 채널을 구독하는 사람들에게는 대수롭지 않은 일일지도 모르겠다. 업로드를 미루는 이유가 실은 그냥 편집 말고 게임이 하고 싶은 건지, 정말 만들 수 없는 건지―둘 다일 가능성이 가장 높으나―나 스스로 구별이 잘 안 되기도 했다.

하지만 분명한 것은 만들지 못하고 폴더 깊숙이 남겨놓은 파일들을 꺼낼 때, 내 채널의 댓글창을 볼 때, 나의 영상과 관련 있는 다른 영상들을 볼 때 자꾸만 괴로워졌다는 것이다. 딱히 악플이 달린 것도 아니고, 루머에 시달린 것도 아니다. 그렇다면 도대체 왜 괴로웠을까.

겁 없이 영상을 마구 만들던 때를 떠올린다. 이제는 보기 괴로울 정도로 엉성한 그 영상을 만들 때인 5년 전에는 참고할 만한 장애 관련 영상이 적었다. 특히 한국의 유튜버들이 운영하는 채널 중에는 더더욱. 나는 그 속에서 대뜸 (그것도 반말로) 주류 미디어가 장애를 표현하는 방식에 반기를 들며 등장한 사람이었고, 덕분에 꽤나 많은 관심을 받았다.

시간이 흐른 지금은 많은 것이 달라졌다. 여러 장애인 유튜버가 등장했고, 몇십만 구독자가 넘는 채널들도 생겼다. 반가운 일이다. 다른 대형 채널에 종종 장애인이 등장하기도 했다. 역시 반가운 일이다. 그런데 이상한 불안 역시 함께 고개를 쳐들었다. 왜일까?

> 앞서 언급한 영상에서의 슬픔은 시청자를 위협하지 않는다. 그것은 어쩌면 '보고 싶은 슬픔'이자 '소진되기 좋은 슬픔'이다. 시청자의 일상을 흔들지 않는 선에서 소비된다. …… 우리는 예능이나 드라마나 영화나 유튜브 영상 클립 등을 통해 여러 감정을 느끼지만, 극적인 비극을 본 뒤에도 대체로 별 탈 없이 일상으로 복귀한다.

이슬아 작가의 《부지런한 사랑》에 나오는 내용이다. 작가는 키우던 반려동물의 죽음을 전시하는 유튜브 영상을 보며 '위협하지 않는 슬픔'에 대해 글을 썼다. 그의 글을 읽으며 장애를 다루는 영상을 자연스레 떠올렸다.

유튜브에 '감동'이라는 타이틀이 따라붙은 채 업로드되는 영상 속 장애인은 늘 위기에 처한다. 휠체어를 탄 채로 물건을 떨어뜨리거나 길을 가다 넘어지거나 휠체어가 도로 한복판에서 멈추는 식이다. 그럼 '정의의 사도'인 비장애인이 다가가 그에게 도움의 손길을 내민다. 시청자들은 이들의 태도에 감복하며 눈물 한 방울을 선사한다. 아직 세상은 살만하다며 인류애 넘치는 댓글까지 남긴다. '나는 저렇게 불편하지 않으니 감사하다'라는 감상도 잊지 않는다. 그리고 다음 영상으로 넘어간다. 그들은 앞으로도 변함없이 살아갈 수 있다.

내게 그 영상은 안도감을 주기는커녕 감정을 마구 헤집고 숨어버렸다가도 불쑥불쑥 튀어나오는 기억이다. 일상을 살아가다 몸과 마음이 덜컹거림을 마주하는 순간마다 그 영상들을 떠올린다. 종종 물건을 떨어뜨리고 휠체어가 길 한복판에서 고장 나는 사람으로서 '오, 누가 날 보고 주변 어딘가에 카메라가 숨겨져 있을 거라고 여기면 어쩌지?' 하는 생각에 웃어야 할지 울어야 할지 망설이곤 한다.

또 유튜브에 혹은 방송에 모습을 내비치는 내가 얼마나 쉽게 슬픔의 주인공이 될 수 있는지를 감각한다. 흔한 여행기 콘셉트의 평범하고 소소한 장면을 담아낼 뿐인 영상에도 '감동적이다'라는 감상이 늘 따라붙곤 했으니까. 전혀 의도하지 않았음에도 나의 일상은 곧잘 퍼포먼스가 되고 감동 포르노가 된다.

나는 친구들과 가끔 이런 우스갯소리를 한다. '내가 장애인이 된 이유'라고 제목을 붙인 뒤 섬네일에 휠체어 사진을 대문짝만하게 실어두고 장애의 이유로 추정되는 순간을 최대한 고통스럽게 묘사한다. 뒤이어 "그래도 포기하지 않을 거예요. 고난은 앞으로 나아갈 원동력이니까요. 하늘은 극복할 수 있는 이에게 시련을 주죠. 저의 장애는 절대 장애가 될 수 없어요" 같은 말을 하는 영상을 만드는 건 어떻겠냐고. 그럼 종교계의 강연 스타가 될지도 모른다고. 아니면, 깜짝 카메라라도 기획해서 휠체어가 고장 난 체하고 주변을 지나가는 비장애인에게 도움을 받은 뒤 "아직 세상은 따뜻합니다" 정도의 내레이션을 넣는 건 어떨까. 이내 나와 친구들은 와하하 웃는다. 하지만 실은 전혀 웃기지 않는다.

어떤 시청자는 잠시 눈물이 핑 돌겠지만 이내 눈을 돌리면 그만일 영상들을 마주하면서, 나는 먼저 현실의 장애인 당사자들이 감내해야 할 수치를 상상한다. 차들이 쌩쌩 달리는 곳에서 갑자기 멈추어 설 때의 공포를 절감한다. 횡단보도는 어찌 건너더라도 다음 일정들은 어떻게 소화해야 할지 고민에 빠질 당혹을 실감한다.

물론 같은 상황이라면 나 역시 도와준 이에게 감사를 표할 것이다. 그러나 호들갑을 떨 만큼 감동을 느끼진 않을 것이다. 평생 마음에 새길 정도로 고마워하지도 않을 것이다. 머릿속에서는 다음 임기응변을 생각해야 할 테니까.

'모두에게 따뜻한 세상'을 외치는 '감동' 카메라 영상들은 정말 모두를 위한 영상일까? 아마 아닐 것이다. 이 영상들이 전체하는 시청자의 자리에 장애인은 없다. 장애인이 피부로 감각하는 수치와 불안은 고려하지 않았으니까. 앞과 뒤의 일은 모두 편집해버리고, 단지 '영웅 비장애인'의 모습만을 보여주니까. 정말로 그 상황 속에서 장애인에게 도움의 손길을 건네고자 한다면 무엇을 고려해야 하는지, 이런 상황이 발생하는 원인은 무엇이며 우리가 어떤 사회구조를 바꿔야 비슷한 일이 다시 일어나지 않게 할 수 있는지는 말하지 않는다. 지금 그대로의 평온한 일상이 뭔가 잘못되었으며 영상을 지켜보는 자신 역시 그에 일조하고 있음을 느끼게 하는 불편한 장면은 없다. 그것은 '보고 싶은' 슬픔이 아니니까.

이것이 내가 영상 만들기를 중단한 이유다. '사회 실험' 영상을 찍어보자는 제안을 받은 적이 있다. 제안을 보낸 곳은 구독자 수가 많은 꽤 큰 채널이었다. 이 영상에 출연하면 내 채널을 홍보해주겠다고도 했다. 답변을 보냈다. "저는 장애 극복이나 감동을 소재로 활용하는 사회 실험에는 회의적입니다. 조금 더 자세한 기획 내용을 알려주실 수 있을까요?" 답장은 오지 않았다. 그리고 다른 사람을 섭외한(내가 출연할 뻔한) 바로 그 영상이 조회수 200만 회를 넘기는 것을 보고 한동안 카메라를 들 수 없었다. 내 삶은 '실험'이 아니라 '실제 상황'이었으니까.

영상을 만드는 사람으로서, 언젠가부터 '감동 연출' 영상에 달리는 댓글까지 모두 내게 하는 말처럼 느껴질 때가 많았다. 내가 할 수 있는 말은 점점 줄어드는 기분이었다. 사람들의 일상을 뒤흔들지도 않고 고민을 연결하지도 않는, 그냥 잠깐 뭉클한 감상에 취해 아직 세상은 살만하다고 느끼고 지나치면 그만일 영상의 주인공이 되는 것은 그다지 유쾌하지 않다. 슬픔의 주인공은 해야 할 역할이 정해져 있으니까.

보고 싶은 슬픔의 주인공들을 떠올린다. 그런 영상을 만들거나 쉽게 그런 역할로 떠밀려버리는 이들을 되새겨본다. 슬픔의 주인공이 되길 자처하는 이들을 비판하고 싶지는 않다. 오래도록 기억에 남는 기록물보다 한번 즐기고 폐기하는 콘텐츠가 각광받는 시대다. 사람들은 한 시간짜리 방송에서 10분 짜리 유튜브로 넘어왔고, 그마저도 영상을 스킵하며 보거나 배속으로 보기 시작했다. 그것도 모자라 15초에 모든 것을 보여주는 숏 비디오 콘텐츠가 유행한다. 이런 흐름 속에서, 한번이라도 더 우리 사회의 다양한 인간을 드러내고 어떤 방식으로

든 생각하게 하는 일은 분명 쉽지 않다. 그것은 분명 대단한 일이다.

하지만 나는 자주 괴로워지고 만다. 화제가 되는 콘텐츠에서 장애는 슬픔이 될 때 빛을 본다. 더 수치스럽고, 더 당혹스럽고, 더 민망해야 눈길을 끄는 영상이 된다. 나는 내가, 그리고 나와 같은 이들이 극적인 슬픔으로만 소비되지 않길 바란다. 장애와 함께 살아가며 당혹과 수치를 마주하게 되는 순간이 있는 것은 분명 사실이다. 그러나 나의 삶은 누군가에게 보여주고 그에게 삶의 힘을 얻게 하기 위한 수단이 아니다.

또한 어떤 영상들은 장애인이 '나 자체'로 살아가기 어렵게 만든다. 장애는 고난이지만 자신에게 '주어진' 역경이라고 생각한다는 말. 그 역경을 '이겨내면서' 얻은 깨달음을 공유하는 이야기. 그 이야기에서 깨달음을 얻은 시청자들이 열광하는 것은 영상 속에 등장하는 인물이기보다 언젠가 장애를 벗어던지고 일어날 허구의 인물이다. 댓글창에는 정말 순수한 마음으로 제 앞 스크린에 비치는 인간이 '정상'의 인간으로 회귀하기를 바란다는 말이 쏟아진다. 꼭 노래를 들어보셨으면 좋겠어요, 세상을 보게 되시면 좋겠어요, 건강해지세요. 그들의 마음이 너무 선량해서 차마 눈 뜨고 볼 수가 없다.

장애인 대부분은 앞으로도 그 '고난'과 함께 살아갈 것이다. 장애는 이겨내는 것이기보다 익숙해져야 할 것이다. 시청자들의 바람대로 기적이나 극복이 실현되지 않을 때는 어떤 영상을 만들어야 하는가.

슬픔의 주인공들이 모든 것을 전시해야 한다는 책임감을 느끼지 않으면 좋겠다. 무례한 질문에 일일이 대답할 필요 없다고, 더 나은 몸을 욕망할 필요도 없고, 다른 이들의 욕망에 맞추어 바꾸려고 하지 않아도 된다고 말하는 상상을 한다. 여러 욕망 사이에서 시도와 좌절과 망설임과 넘어섬을 반복하는 나 역시 이뤄내지 못한 것이기에 쉽게 말할 수 없다는 것 또한 알지만.

어쩌면 유튜브 채널을 운영하는 사람으로서 이런 이야기를 하는 것이 굉장히 자조적인 고민이라는 생각도 든다. 눌러보고 싶은 영상을 만들어 돈을 버는 사람으로서 '보고 싶은' 영상을 만드는 것이 괴롭다니. 하지만 앞으로도 나의 괴로움은 계속되지 않을까. 아무 고민 없이 쉽게 슬픔의 주인공이 되는 것보다 늘 괴로워하는 사람이고자 한다.

'주인공'이 가지는 힘을 생각해본다. '내 인생의 주인공은 나'라는 말처럼, 주인공이라는 이름은 뭐든 해낼 것만 같은 느낌을 준다. 글의, 영상의, 콘텐츠의 주인이 되어 스스로 원하는 길을 개척할 수 있을 것만 같은 이름이다. 주인공이라는 이름은 뭐든 할 수 있을 듯한 가능성을 보여준다. 더불어 주인공은 콘텐츠가 불러일으킬 영향에 대한 책임을 짊어진 이처럼 보이기도 한다. 늘 무얼 해야 하는지 의식하고, 스스로 자신을 '물화'하여 소개해야 한다는 강박을 느끼는 것 역시 주인공의 몫 아닐까.

주인공이라는 이름이 주는 힘은 생각보다 복잡하고, 무겁고, 때론 거슬린다. 익숙하지 않은 특이한 존재로서 주인공이 되는 게 아니라, 주인공 옆에서 가끔 모습을 비추다 사라지는, 종종 이름마저 헷갈리는 흔한 주변인 1 정도의 삶도 괜찮은 삶 아닐까. 그런 삶을 살 수 있는 사회를 상상한다.

# 그럼에도, 영상

영상을 만들 때 재미있는 점은 머릿속에 너저분하게 늘어진 이미지들을 하나하나 낚아채 연결하고, 현실로 가져와 보이는 뭔가로 만들어낼 수 있다는 것에 있다. 흐릿하게만 보이던 질서 없는 덩어리들이 점점 더 해상도가 높아져 결국 내 손 안에서 선명해질 때, 그 목격의 순간이 좋아서 영상을 만든다. 그리고 내 손에만 머물지 않고 여러 사람에게 전달돼 또 다른 의견과 새로운 이야기를 만들어내는 촉진제로 쓰일 때가 기쁘다.

내가 영상을 만들어내는 방식은 이렇다. '기획(주로 머릿속에서)-촬영-편집-하기 싫어서 머리 쥐어뜯기-렌더링rendering-업로드' 5년째 똑같은 방식으로, 중간에 무계획 인간의 방황이 끼어들 때도 있지만 어쨌든 나름 꾸준한 장인정신으로 영상을 만들어내고 있다. 그 방식을 조금 더 자세히 늘어놓자면 이렇다.

먼저 어떤 영상을 만들지를 떠올려본다. 보통은 주변에서 일어나는 일, 나의 경험, 현재 사회에서 발생하는 일이 주 콘텐츠가 된다. 아이디어는 지하철을 타고 내릴 역을 멍하니 기다릴 때, 지하철역에서 집으로 돌아오는 길을 구를 때, 샤워할 때 곧잘 생각난다. 혹은 어떤 상황에 부딪힐 때도 '아, 이거 영상으로 만들어야지!' 하는 생각부터 한다.

예를 들어 화재 대피 훈련 때 가만히 앉아있던 교실에서라든지, 지하철 승강장에 휠체어 바퀴가 꼈을 때라든지, 모르는 이가 내 휠체어 바퀴에 동전을 던졌을 때라든지. 파워 임기응변걸인 나는 이런 일을 마주할 때 우울하거나 좌절할 새가 없다. 일단 그 상황을 헤쳐나가야 하고, 그러고 나면 이걸 어떻게 영상으로 만들어낼지를 생각해야 하니까. 일과 일상이 분리되지 않는 정신없는 삶이다.

이야기해야겠다는 생각이 들면, 바로 카메라를 집어 든다. 혼자 하는 작업은 이런 점이 정말 편하다. 머릿속에 있는 것을 어디에 따로 정리할 필요 없이 그대로 내보일 수 있으니까. 고등학교 때 영화 동아리에서 활동할 때는 콘티를 그리는 것이 그렇게 귀찮을 수 없었다. 내 머릿속에 있는 대로 찍으면 되는데! 왜 거기에 시간을 들여야 하는지 이해하지 못했다. 지금에서야 협업의 중요성을 알아 콘티를 대충 그려갔던 과오를 뉘우치고 있지만, 여전히 혼자 영상을 만들 때는 카메라를 켜고 나서야 만들려는 내용이 점점 선명해진다.

내가 운영하는 채널의 큰 카테고리는 일상을 공유하는 브이로그, 사회적 소수자와 관련된 사회문제를 꼬집어 시청자의 의견을 묻는 '구르님 말한다', 그리고 앞의 두 가지와 다르게 계획을 잡아서 해나가고 있는 '디-시스터즈'와 '이달의 휠체어'로 이루어져 있다. 이외에도 올리고 싶은 이야기가 있으면 별도의 영상을 기획하기도 하고, 요즘에는 숏폼 영상을 활용해 릴스*, 숏츠도 올리면서 콘텐츠의 범위를 확장하려고 노력 중이다.

중구난방처럼 보일 수 있지만, 이 모든 것은 하나의 대원칙을 공유하고 있다. 바로 '질문하기'와 '결론 짓지 않기'다. 유튜브 영상은 편집을 마치고 업로드하면 끝나는 게 아니다. 댓글, 조회수, 좋아요 수, 공유 시 덧붙여지는 의견, 내게 오는 DM까지 모든 것이 합쳐져 하나의 영상이 된다. 그래서 내 영상은 완결 지을 수 없고 완결 지어서도 안 되는 무언가다. 내 영상을 본 뒤 말을 잇고 싶어 하는 사람들이 늘어나길 원한다. 반박이어도 좋고, 공감이어도 좋고, 그 이상으로 자신의 이야기를 덧붙여주어도 좋다. 나는 그걸 보고 또 다른 영상들을 만

---

*　인스타그램 플랫폼에 올라오는 숏폼 영상 콘텐츠.

들 것이다. 내 채널은 그렇게 순환한다.

영상을 본 사람들이 조금은 괴롭고 또 조금은 혼란스러워지면 좋겠다. 영상이 끝나고도 머릿속에 물음표가 남으면 좋겠다. 일상을 살아가다 문득문득 떠올리기도 하고 자신에게 또 누군가에게 되묻기도 하면 좋겠다. 그래서 내 영상에는 이렇다 할 결론이 없다. 그저, 나의 시선에서 세상을 보는 방법을 담담히 소개할 뿐이다. 내 오랜 친구 주영이 몇 년 전 문득 던진 말에서 나는 그런 바람을 갖기 시작했다. 주영은 언젠가 내게 말한 적이 있다.

"다음에 나랑 거기 가보자. 며칠 전에 갔는데 길도 넓고 차도 많이 안 다녀서 네 생각 났어."

친구가 된 지 얼마 되지 않았을 때다. 앞만 보고 걷던 주영은 바닥을 내려다보며 길의 울퉁불퉁한 정도, 가게의 턱, 인도의 마감을 살피고 있었다. 그리고 나를 떠올렸다. 한 사람을 알아간다는 것은 그 사람의 시선을 배워가는 것이다. 생애 전체를 이해할 수는 없어도 세상을 마주하는 방법과 감각을 알아가고 서로에게 번져가는 것이다. 그렇게 자신의 세계가 확장된다.

내 영상도 누군가에게 그런 자극제가 되었으면 한다. 누군가의 세상을 확장하는 데 아주 조금은 기여할 수 있다면 좋겠다. 계단밖에 없는 길에서, 화장실 앞의 턱에서, 급히 올라탄 버스 안에서 한번쯤 나를 떠올려준다면. 그래서 또 마음이 불편해지고 머리가 어지러워진다면. 이 상황을 바꿀 방법을 고민해주고, 분노해야 할 때 함께 분노해주었으면. 그랬으면 좋겠다.

농담하고 장난스레 구는 영상을 만들고 싶다. 삶이라는 건 그런 거니까. 짜증 나고 슬프고 암울하더라도 또 피식 웃고 마는 거니까. 장애인의 삶을 다룬 영상들은 종종 피식 웃기 전에 끝나고 만다. 급히 편집해버리지 않고, 끝까지 느긋이 녹화 버튼을 눌러두고 싶다. 편집 과정에서 들어내지는 사람들의 이야기를 드러내고 싶다.

# 극장에 초대받기, 〈소극장판-타지〉

고백하자면, 나는 극장이 무섭다. 극장특화형-과민성방광증후군 때문이다. 내가 지은 진단명인데, 극장에만 가면 오줌이 마렵다. 극이 시작하기 전에 화장실에 다녀와도 꼭 중간에 또 가고 싶다. 덕분에 조금이라도 긴 극을 보러 갈 때면 초긴장 상태로 아침부터 물 한 방울 먹지 않고 극장으로 향한다. 유독 극장에서 유리 방광의 소유자가 되는 이유는, 나는 평범한 관객인 동시에 극장에 들어서는 순간부터 마치 무대인사를 하러 온 출연진처럼 쏟아지는 시선을 오롯이 감내해야 하기 때문이다.

극장은 시선을 한곳에 모으기에 최적화된 공간이고, 나의 몸은 시선을 끌기 딱 좋은 유기체다. 덕분에 나는 배우도 아니면서 객석에 등장하는 동시에 모든 이의 시선을 잡아끌곤 한다. 내 휠체어 소리, 객석에 옮겨 앉는 움직임 하나하나, 시선을 감지하고 툭 튀어나오기 시작한 강직, 이 모든 것은 대략 사람 수×2개의 눈알에 의해 샅샅이 훑어진다. 이럴 거면 관람료라도 나눠주면 좋겠다. 그런 내가 화장실에 가려고 극 중간에 객석에서 움직이기라도 할라치면 아마 극의 클라이맥스처럼 시선을 끌고 말 것이다. 거기까지 상상해버리면 그때부터 세상에서 가장 예민한 방광의 소유자가 되고 만다. 화장실에 가지 말아야 한다는 생각이 드는 순간부터 나의 방광은 당장이라도 화장실에 가지 않으면 안 되는 상황을 만들어내고 마는 것이다.

그런 내가 어쩌다 극장에서 팔다리를 요란하게 흔들며 막춤을 추고 있는 걸까. 이 이야기는 정확히 9개월 전으로 돌아간다. 어느 날, 전화 한 통을 받았다. 국립극단의 장기 프로젝트 〈창작공감: 연출〉을 준비하는 강보름 연출에게서 온 전화였다. 그는 '장애와 예술'이라는 큰 주제 속에서 극장이라는 공간에 '미스핏misfit'되는 몸들에 관해 이야기하고 싶다고 했다. 어딜 가든 삐딱하게 찔끔씩 들어맞지 않는 몸을 가진 사람으로서 그의 이야기가 조금 더 듣고 싶어졌다. 갑자기 '김지우 배우님'이라고 불리게 되며, 1년 동안 학교에 돌아가지도 못하고, 그렇게 무서워하던 극장 바닥에 드러눕거나 막춤을 추거나 소리를 지를 줄은 상상도 못 하고서.

서울역 앞에 있는 빨간 건물, 국립극단으로 향했다. 첫 미팅에서 보름 연출은 이렇게 말했다. 공연예술은 비장애인의 것이 아니냐고. 그래서 '미스핏'인 이들의 이야기를 무대에 올리고 싶다고. 문득 소연의 글을 떠올렸다.

학교 선배이자 같은 동아리 회원으로 문집을 함께 만들었던 그는《돌림 노래》라는 작은 에세이집 한 권을 냈다. 그의 글을 읽으면서 자주 불편했고 또 그만큼 통쾌했다. 책을 덮고 생각했다. 독자를 비장애인으로 상정하지 않은 글은 처음 읽어보았다고. 그가 쓴 글의 독자는 장애를 가진 이, 아니 더 정확히 말하면 아무에게도 향하지 않은 글이었다. 나는 비장애인의 사고방식에 물든 사람이라 글을 읽으며 마음이 불편해지다가도, 장애가 있는 몸이어서 초대받은 기분이 들었다. 글을 읽고 '초대받은' 기분이 든 건 처음이었다. 여태까지의 예술에서 '초대받지 않았다는' 것도 처음 알게 되었다.

초대받은 공연예술은 어떤 것일지 궁금해서 나는 배우가 되었다. 〈창작공감: 연출〉은 다른 극과 다르게 공연의 시작부터 끝까지 모든 배우가 함께하는 구조였다. 대본도 없고, 심지어 어떤 흐름으로 공연을 이끌어갈지도 정해지지 않은 상태에서 움직임, 음향, 글쓰기, 액팅 워크숍을 하며 수많은 말과 몸짓을 기록했다. 그 하나하나의 맥락이 쌓이고 쌓여서 9개월 뒤 한 시간의 무대가 되었다.

첫 움직임 워크숍 시간이 가장 기억에 남는다. '극장과 마주하기'라는 이름으로 우리는 각자의 몸, 손에 잡히는 물건, 해낼 수 있는 자세, 그 모든 것으로 연습실을 느껴보기로 했다. 아직 서로 데면데면했지만, 사람들은 이내 바닥에 드러눕거나 냉장고에 머리를 넣거나 "아, 아" 하는 요상한 소리를 높은 천장을 향해 던지면서 빠르게 적응해 나가는 모양이었다.

그 속에서 나는 어색함을 느끼며 잔뜩 얼어있었다. 다른 사람들 앞에서 항상 '자연스럽고 우아해야' 했으므로. 조금만 크게 움직여도 시선이 집중되는 몸을 갖고 있기에, 휠체어 위의 작은 공간에서 최대한 자세를 덜 바꾸며 우아함을 잃지 않는 것이 평소 내가 움직이는 방식이었다. 심지어 내 휠체어는 모터 소리가 컸다. 바닥에 귀를 대고 극장의 소리를 듣는 사람과 목소리로 극장을 채우는 사람 가운데서 "윙~!" 소리를 낼수는 없었다.

그렇게 한참을 다른 사람을 곁눈질하는 데에만 시간을 보내다가, 꿈틀대고 움찔대며 사실 조금 웃긴 포즈를 취하는 데 열중하는 사람들이라면 다른 사람에게는 신경 쓰지 않을 수도 있겠다는 생각이 들었다. 내가 조금 우스워지더라도 저 사람들은 웃지 않을 것 같았다.

나는 휠체어 위에 올라타는 힘은 얻은 지 꽤 되었지만, 다시 내려오는 힘은 가지지 못했었다. 시도해보기로 했다. 힘을 내어서 의자를 짚고 바닥으로 내려왔다. 바닥에서는 구르지 않으면 조금도 이동하지 못하고 앉지도 못했지만, 최대한 납작 붙은 채로 극장을 마주했다. 바닥과 마지막으로 손바닥을 마주한 것이 7년은 넘었을 때다.

예상대로, 내가 휠체어에서 내려오든, 갑자기 서서 걷든 함께 있는 사람들은 아무런 눈길도 주지 않았다. 극장에서 처음으로 '초대의 감각'을 느꼈다. 초대받았다는 것은 안전함을 느낄 수 있다는 말과 같다. 나의 몸을 아무도 비웃지 않을 거라는 믿음. 내 움직임을 어색하고 이상하게 여기지 않을 것이라는 기대가 안전함을 선사했다. 그 순간부터, 더 크게 움직이고 소리 지를 힘을 갖게 되었다.

〈소극장판-타지〉는 그 제목처럼, '타지'임과 동시에 '판타지'인 극장을 재현한다. 이제껏 극장을 타지로 느낀 이들이 무대에 올라(정확히는 내려와, 무대가 객석보다 아래에 있다) 판타지를 만든다. 무대에는 나, 무용가로 활동했던 정우 배우, 국립극단 시즌 단원인 애리 배우, 장애연극 8년 차인 성수 배우가 등장한다. 성수 배우는 저시력 시각장애인이고, 정우 배우는 청각장애인이다.

막이 오르면 극장에서 우리의 이야기가 시작된다. 극장

문을 나서면 또다시 비장애인의 세상이 펼쳐지지만, 적어도 이 안에서는 장애인이 (수적으로) 다수인 판타지가 구현되는 것이다. 단지 무대뿐만 아니라 극을 준비하는 모든 순간에서 나는 '판타지' 같은 타지의 사람들을 목격했다.

가장 극명하게 느낀 점은 '시차'였다. 극을 준비하는 9개월 동안, 우리가 체화한 것은 서로의 시차를 기다리는 방법이었다. 정우 배우와 소통하려고 연습실 한쪽 벽면에는 늘 문자 통역 화면이 띄워져 있었다. 통역이 있어도 시차는 발생한다. 말꼬리를 잡아 슥 스쳐 지나가는 농담, 말을 할 때의 강약과 표정은 문자로는 전해지지 않는다. 다른 사람들이 웃을 때 정우 배우는 열심히 글을 읽고 있거나 3초 뒤에 웃음을 터뜨리는 식이다.

청인인 나와 접근성 매니저인 현지 역시 속기 화면을 늘 들여다봤다. 나는 자주 집중력을 잃어서 긴 회의가 이어질 때 놓치는 부분을 속기로 복기했고, 현지 매니저는 글로만 읽었을 때는 전혀 그 뉘앙스를 파악할 수 없는 이야기가 나오면 손을 들고 다시 설명해주길 요청했다.

한번은 성수 배우와 글쓰기 워크숍을 이끄는 작가님 사이에 작은 갈등이 있었다. 작가님은 뇌성마비로 언어장애를 갖고 있어서 늘 키보드에 하고 싶은 말을 적어 띄워주시곤 했다. 성

수 배우는 바로 그 글을 읽을 수 없어서 작가님이 말을 하고(정확히는 타자기를 치고), 누군가가 그것을 읽고, 성수 배우가 답을 하고, 그러면 또 작가님이 그것을 받아 타자기를 치고 …… 하며 싸웠다.

그사이에 어마어마한 시차가 존재했다. 하지만 둘은 그럭저럭 잘 싸웠고 또 잘 화해했다. 나는 서로의 시차를 이해하며 사는 이 과정 모두가 판타지 같다고 생각했다. 그리고 이 판타지를 벗어나 또 삶을 이어갈 우리가 궁금했다. 이만큼 농담에 늦게 웃고, 잘 싸우면서 살 수 있을까 하고. 그러길 바랐다.

선선한 계절에 첫 만남을 시작한 우리는 해가 지나 더워지기 시작할 때 연극의 막을 올렸다. 만들어가는 사람이 열 명이 넘다 보니 주제 의식이 바뀌고, 바뀌고, 또 바뀌었지만, '다양한 몸'을 모두 환대하는 극장을 만들기 위해 노력하자는 생각에는 변함이 없었다. 객석을 모두 수평으로 만들어 누구든 원하는 자리에 앉도록 했다. 극장 두 면에는 스크린을 설치해서 자막이 나오게 했다. 무대에는 수어 통역사가 있었다. 배우들의 움직임을 해설하는 나레이션이 극 내내 나왔다.

'장벽이 없는 극이란 무엇일까?' '이 모든 게 의미가 있는 일일까?' 하는 망설임이 우리 사이에도 있었다. 충분한 정보를 모두에게 전달하겠다는 목표는 실패한 것일 수도, 애초에 허상이었을 수도 있다. 그러나 적어도 이 판타지 안에서는 다양한 몸을 상상하고 있다는 것이 드러나길 바랐다. 내가 느낀 안전함의 감각을 또 다른 타지의 몸들이 느끼길 바라면서.

담아내지 못한 말도 많았다. 극의 마지막 대사가 "여전히 하고 싶은 말들이 파도처럼 밀려온다"인 것을 보면 알 수 있듯이. 극의 마지막에서, 배우들은 객석의 몸들을 무대로 초대한다. 몸들은 바닥에 눕기도 하고 앉기도 한다. 모든 몸은 무대에서 호흡하며 여전히 하고 싶은, 파도처럼 밀려오는 말을 가만히 생각한다. 휠체어에서 내려와 움직이는 것을 두려워하던 나 역시 쿵, 하고 바닥에 몸을 부딪치며 내려와 다른 이들 사이에 눕는다.

〈소극장판-타지〉는 막을 내렸다. 후련하다면 후련하고 아쉽다면 아쉬운 작품이었다. 〈소극장판-타지〉는 국립극단의 첫 장애연극, 나는 국립극단 소극장 판에서 공연한 최초의 장애인 배우가 되었다. '첫'이라는 타이틀이 그리 달갑지만은 않았다. 장애를 가진 이는 자꾸만 '최초' 혹은 '첫걸음'이라는 메달을 목에 걸곤 하니까. 꾸준히 해도 자꾸 첫걸음만을 내딛게 된다고, 보름 연출은 말했다. 이런 시도를 할 기회 자체가 너무나 적기에 작품에 대한 비판을 부러 아끼고 독려해야 하는 상황만 반복되는 것은 창작자의 입장에서도, 관객의 입장에서도 유쾌하지 않다.

더 많은 이야기가 우리 앞에 등장하기를. 그래서 식상하다는 소리도 듣고 비판도 받아보기를. 타지의 사람들이 자꾸만 여기저기서 얼굴을 비추기를 바라는 마음으로, 무대에 올랐다.

국립극단에 전한 글을 인용하며 이 이야기를 마친다.

국립극단의 장기 프로젝트 〈창작공감: 장애와 예술〉은 막을 내렸지만, 그 과정 속 '발견'의 순간은 계속 남아 극장을 맴돌 것이다. 그리고 다시는 뒤로 돌아가지 않을 것이다. 알고 나서는 모르는 체할 수 없는 것들이 있다. 다양한 몸이 함께하는 방법을 알아낸 순간을, 그리고 그 발견을 통해 실제로 변화된 극장의 모습을, 서로의 시차를 기다리는 것에 익숙해진 몸의 습관을 감각하는 그 순간이 영원히 남길 바란다. 그리고 또, 언제나 우리를 환대하길 바란다.

**3**

**와글와글**

**심장이 터지도록 다양한**

## 얘 앞에서는 휠체어를 타도 아무렇지 않아


'나'라고 단언할 수 있는 것에는 무엇이 있을까?《사이보그가 되다》를 읽고 이야기를 나누는 과 책 모임에서 누군가가 물었다. 김원영 변호사가 휠체어를 묘사하는 부분에서 등장한 질문이었다. 그는 휠체어가 없으면 옷을 전부 벗은 기분이 들고, 휠체어와 연결된 자신의 신체 자체를 '나'라고 느낀다고 했다. 책 모임에서 유일한 장애인인 나는 왠지 나도 그런 답변을 해야만 할 것 같았다.

하지만 나는 휠체어를 떠올렸을 때 내 몸처럼 느껴지지는 않았다. 그것보다는 삶의 궤적을 함께하며 변화해온, 마치 삶의 어느 부분마다 꽂아둔 핀 같았다. 나와 휠체어의 관계를 떠올리면 함께 연결되는 것들이 있다. 그중 하나는 나와 애인의 관계다. 재미있게도 나와 휠체어의 관계는 내 연애 대상이 바뀔 때마다 바뀌어왔기 때문이다.

초등학교 고학년이 되었을 때, 아이들의 가장 큰 관심사는 뭐니 뭐니 해도 연애였다. 누가 누구와 연애 중이라고 페이스북에 띄우는 것이 큰 행사였고, 누가 복도에서 어떻게 고백을 했느니, 누가 누구랑 손을 잡고 다닌다느니 하는 이야기가 끊임없이 입에서 입으로 전해졌다.

나 역시 그러한 가십에서 자유롭지 못한 초등학생이었는데, 가십을 나르는 것을 넘어 가십의 주인공을 꿈꿨다. 길게 말했지만 남친을 만들고 싶었다는 말이다. 입 밖에 내어 내게 말하지는 않지만 미묘하게 느껴지는 '지우는 남자 친구가 없겠지?' 하는 인식을 깨부수고 싶은 반항심도 있었다. 좋아하는 아이도 생겼다. "네가 좋아", 뭐 이런 이야기도 했던 것 같고, 선물도 종종 받았고, 같이 놀러 나가기도 했다. 초등학생의 연애가 시작됐다. 그리고 그때쯤 '휠체어'를 다시금 인식했다.

이전까지 내게 휠체어는 묘한 자부심을 주는 물건이었다. 나는 휠체어를 재미있게 가지고 노는 방법을 많이 알고 있었고, 친구들에게 그것들을 소개하는 것을 즐겼다. 휠체어를 재미있게 끄는 48가지 방법을 만들어서 난이도별로 그걸 정리하고 모두 통과한 친구들에게 면허증을 발급해주기도 했다. 그 '면허'를 가지는 게 우리 반에서 유행이 된 적도 있다.

아이들은 자신은 가지고 있지 않은 그 물건을 타보거나 밀어보고 싶어 했다. 내 허락을 받아야 탈 수 있었기 때문에,

나는 묘하게 권력자의 위치에 있기도 했다. 남들은 가지고 있지 않은 흥미로운 물건, 그리고 원하지 않았지만 '지우가 아니면 만지면 안 되는' 신비로운 물건의 주인이 나였다.

그런데 언젠가부터 자꾸만 그것을 숨기고 싶은 욕망에 휩싸이곤 했다. 특히나 '남친'이 생긴 이후부터는 더더욱 그러했다. 초등학생의 연애란 보통 반에서 시작하거나 같은 학교에서 시작하는 경우가 대부분이라 그 아이가 나의 장애에 대해 모를 리가 없었음에도 휠체어를 타기는 싫었다. 나는 휠체어가 없으면 마치 중심을 잡으려 계속 휘적이는 사람처럼 걸어야 했고, 30초에 한 번씩 벽을 짚고 헉헉대야 했으며, 언제든지 와장창 넘어져 더 큰 수치심을 견뎌야 했음에도 그랬다. 그것을 감내하면서까지 휠체어를 거부하고 싶었던 마음은 어디에서 온 욕망일까?

무엇보다 먼저 휠체어에 앉는 순간 누군가에게 '의존'해야만 하는 상황이 싫었기 때문이다. 초등학생 때는 수동 휠체어를 타고 다녔는데, 팔 움직임이 자유롭지 못한 나는 쉽게 휠체어를 굴리지 못했다. 팔로 좀 더 굴리기 쉽게 설계된 '활동형 휠체어'의 존재도 알지 못했다. 그래서 누군가 밀어주어야만 움직일 수 있었고, 원하는 곳으로 가려면 늘 부탁해야 했다.

나는 이 수동성을 해결해보려고 내 손으로 가상의 핸들을 만들어서 직접 방향을 조정하고, 입으로 엔진 소리를 내며 음의 높낮이와 크기로 속도를 조절하는 운전 놀이 수신호를 만들었다. 하지만 이건 이 놀이를 좋아하는 친구나 동생에게만 써먹을 수 있었다. 남자 친구와 이렇게 거리를 다니는 것은 왠지 로맨틱과는 거리가 멀었다.

다른 이유로는, 당연하겠지만 '정상성'에 편승하고자 하는 욕망이 있었다. 비장애인인 나의 연애 상대와 똑같아 보이고 싶었다. 휠체어는 그것을 방해하는 장애물처럼 느껴졌다. 유일하게 한 번 바깥 데이트를 하던 날, 나는 영화관 1층 구석에 내 휠체어를 접어서 숨겨놓고 비틀비틀 걸어 다니는 것을 택했다. 영화관에서 엘리베이터가 오지 않자 12층에서 10층까지 계단을 걸어 내려왔던 것이나, 함께 스티커 사진을 찍으려고 세 블록 정도의 거리를 부축도 없이 걸었던 것을 생각하면 헛웃음이 나온다.

물론 지금보다는 그때 훨씬 잘 걸었지만, 그래도 그 정도로 아슬아슬 곡예 하듯이 바깥을 활보한 적은 없었다. 어떻게 했지? 이게 바로 사랑의 힘인가? (아마 아닌 듯) 결국 엘리베이터를 기다리는 것보다 훨씬 더 오래 걸려 두 층을 내려왔고, 가게를 지날 때마다 아슬아슬하게 가판대에 기대어서는 숨을 거칠게 몰아쉬어야 했다. 하지만 그 모든 일이 휠체어를 타는 것보다는 견딜 만했다.

초등학생의 연애가 그럭저럭 마무리되고, 중학생 때는 다른 좋아하는 애가 생겼다. 그 친구를 다른 친구들에게 소개할 때 "얘 앞에서는 휠체어를 타도 아무렇지 않아!"라고 말한 기억이 난다. 그때는 그만큼 편하고 좋은 사람을 만났기 때문이라고 생각했지만, 지금 생각해보면 그것은 내가 휠체어를 인식하는 방식이 변화했음을 말해주는 신호였다.

더는 운전면허 발급이나 운전 놀이 같은 일을 하지 않았지만, 여전히 난 휠체어를 가지고 잘 노는 방법을 알았다. 나와 친한 친구들은 원할 때마다 지우의 휠체어를 탈 수 있는 '특권'이 있었다. 휠체어를 굴려서 그걸 뜀틀처럼 넘는 스포츠도 인기 있었다(아주 위험하니 따라 하지 마세요). 나는 휠체어를 타는 시간이 더 늘어났고, 휠체어 위에서 어떻게 하면 멋져 보일 수 있는지 알게 되었다.

그즈음 새로 바꾼 휠체어가 이전 것보다 훨씬 예쁘고 비싸 보였다는 것도 한몫했다. 그 휠체어는 내가 처음 '선택'한 휠체어기도 했다. 그 당시 내게 적합하다고 추천된 휠체어는 빨강과 노랑, 두 가지 색이 있었다. 색 선택권은 내게 있었다. 휠체어를 판매하러 오신 분께서는 여자아이들은 보통 노란색을 고른다는 조언도 잊지 않았다. 나는 그의 조언을 겸허히 수

용하여 …… 빨간색 휠체어를 주문했다.

새로 함께할 휠체어를 받아보면서 점점 휠체어는 '언젠가 제거해버리고 자립할' 대상이 아니라, '기호대로 골라가며 평생 함께할 존재'가 되어가고 있었다. 그렇게 처음 고른 휠체어의 매끈한 이음새와 붉은빛의 봉이 아주 마음에 들었다. 내 몸에 맞게 투박하지 않은 모양새도 마음에 들었다. 다리가 부러져 휠체어를 타야 했던 한 학년 밑의 남학생과 같은 엘리베이터를 탔을 때, 그의 친구가 "야, 네 건 허접한데 이 누나 거는 람보르기니야"라고 말하는 것을 들으며 와하하 웃었던 기억이 있다. 내 휠체어가 멋져 보이기 시작했다.

그리고 고등학교 때부터 전동 키트를 장착한 휠체어를 타게 되었다. 혼자 이동할 수 있게 된다는 것은 단순히 물리적 변화만을 의미하는 것은 아니었다. 나의 태도, 하고 싶은 일, 눈높이와 세상에 맞서는 마음가짐이 급속도로 달라지기 시작했다. 내 힘으로 휠체어를 움직이게 된 순간 세상이 확장되는 기분을 느꼈다.

할 수 있는 것이 엄청나게 늘어났다. 작게는 쇼핑몰에서 보고 싶은 상품을 더 오래 볼 수 있었고, 크게는 대중교통을 혼자 이용할 수 있게 되었다. 그만큼 혼자 해내는 일도 많아졌다. 기분이 울적할 때면 집을 나와 강가를 거닐 수도 있었고, 동네

바깥까지 이동해 구경할 수도 있었다. 이 모든 것이 멀리는 고등학교 시절, 가깝게는 대학교 입학 이후에서야 가능했다. 당연한 것을 당연하게 해낼 수 있게 되었다.

그즈음 새 애인이 생겼다. 드디어 휠체어와 함께하는 데이트의 시작이었다. 전동 키트는 데이트의 새 지평을 열어주었다. 누군가가 내 휠체어를 밀어줄 때면, 나는 가만히 앉아 이동되는 무언가라는 느낌을 지울 수 없었다. 이동하는 동안은 서로의 눈도 마주할 수 없고 그저 같은 곳만을 보고 나아가야 했다. 서로 앞을 보고 있기에 이야기를 나누는 것도 어려웠고, 미는 힘을 '받기만' 하는 느낌이 유쾌하지도 않았다.

전동 키트를 단 휠체어를 탄 나는 달랐다. 무엇보다 좋았던 건 길에서 동행하는 사람의 눈을 볼 수 있다는 것이었다. 이전까지는 함께 다니는 이는 항상 내 뒤에 있었다. 그가 볼 수 있는 건 내 뒤통수뿐이었고, 우리는 서로의 표정을 볼 수도 없었다. 서로 앞을 보고 이야기한다는 게 얼마나 어려운 일인지. 결국 이동할 때는 둘 다 입을 다물게 되는 것이다. 스스로 휠체어를 운전하기 시작하고부터는, 그 사람의 손을 잡고 그 사람과 눈을 맞추고 손깍지를 끼게 되었다. 보조 기구를 바꾼 것만으로도 사람과 사람의 관계 맺음이 달라지는 경험은 큰 놀라움으로 다가왔다.

난 휠체어에서 포옹하는 법을 알아냈고, 손을 잡고 걸어도 그의 발을 밟지 않는 적당한 거리도 알게 됐다. 휠체어와 함께하는 연애도 나쁘지 않다는 생각이 들기 시작했다. 앉아있는 상태에서 누군가를 올려다보는 내가 나름 귀엽다고 (제멋대로) 생각했고, 상대가 쭈그려 앉아 나를 올려다보는 것도 꽤나 좋았다. 또 점점 휠체어와 함께하는 보폭에 익숙해지는 상대를 보는 것도 즐거웠다. 더는 휠체어에서 내려 벽에 기대어 서지 않게 되었다.

나와 연애 상대의 관계는 그래서 휠체어의 일대기와도 결을 함께한다. 휠체어와 데면데면할 때는 나와 연애 상대 사이에 휠체어를 숨기고 싶었던 적도 있고, 휠체어와 친해진 이유가 상대 덕이라고 착각한 순간도 있었다. 휠체어와 굴러온 지 14년째가 되는 나는 이제 자연스레 나와 파트너와 휠체어가 함께할 새로운 관계를 그린다. 앞으로는 또 어떤 데이트를 하게 될까? 그 속에서 마주할 나의 연인과 휠체어는 또 어떤 모양새로 함께할까?

# 애인 구합니다

너무 이기적이다. 끼리끼리 만나라.

장애여성끼리 모여 경험을 나누는 콘텐츠, '디-시스터즈'에서 연애 이야기를 했을 때 내 채널에 달린 댓글이다. 나는 거기서 전 애인들 썰을 풀었는데, 장애인이 비장애인과 연애하는 것은 아주 이기적인 행위라는 댓글이 왕왕 달렸다. 이기적이지 않으려면 '끼리끼리' 만나야 한다는 것이다. 내가 또 한이기주의 하지만 나의 만행을 제대로 알지도 못하면서 고작 연애로 이기적이라는 말을 붙이는 게 웃겼다. 내 다른 행동을보면 뒤집어지겠구나 싶었다. 담력을 좀 키우고 사셔야겠다.

그런데 반대로 또 나는 곧잘 "건강하고 힘센 님자를 만나야 한다"라는 종용을 받는다. 네가 약하고 몸이 불편하니, 너를잘 보호해주고 집안일도 다 해주고 요리도 잘하는 남자를 만나라는 것이다. 그런 말을 들을 때면 마치 "그래도 여자가 있어야 살지" 같은 소리를 듣는 밥 하나 할 줄 모르는 남성이 된 기분이 된다. 결혼 시장에 종종 등장하는 그 부류가 되어 그 장에 뛰어든 듯한 기분이 드는 것이다. 하지만 다른 점이 있다면 그들은 남성이고 난 여성, 그것도 장애여성이라는 점이다. 여성들은 결혼 시장에서 곧잘 가사와 양육, 돌봄의 노동을 수행하는 사람으로 여겨지곤 한다. 그러한 노동을 제대로 수행하지 못하는 (것처럼 보이는) 나는 주류/비주류는커녕 결혼 시장에서 외면당하는 존재에 속한다. 꼭 비장애인 남성을 만나야 한다는 종용은 결국 나를 혼자 자립하지 못하고 보호자가 필요한 인물로 보는 일이기도 하다. 나는 지금 혼자 잘 살아남고 있음에도, 자꾸만 도움을 받으라고 요구하는 것이다.

누구는 끼리끼리 만나라고 하고, 누구는 다른 부류(?)를 만나라고 하고*, 또 누구는 나를 절대 연애할 수 없는 무성적

---

*  물론 이 말들이 정확히 50:50의 무게를 가진 강요는 아니다. 두 이야기 모두 다른 맥락의 차별적 시선을 포함하고 있지만, '비장애인'을 만나는 것이 바람직하며 장애인을 위계적으로 사회 속에 포섭할 수 있는 존재라고 보는 시선이 만연하다. 내 의견은, 그냥 좀 냅뒀으면 한다. 안 하고 싶은 사람은 안 하고, 하고 싶은 사람은 하고. 그게 연애 아닌가?

존재로 보고, 또 어딘가에선 장애여성을 두고 음란물이나 만들어대는 세상에서 도대체 무슨 장단에 맞춰야 할지 모르겠다. 그렇게 헷갈리게 하지 않아도 내 인생은 한 치 앞을 알 수 없는데, 놀리는 것도 아니고 말이다.

이런 말을 명절에 한 번 정도 듣는 거면 얼마나 좋을까. 나는 인간관계 끊기 전문가이므로 무례한 말을 하는 이는 다시 안 보면 그만이다. 참 아쉽게도 전 애인과의 연애에서는 이러한 말을 매일매일 피부로 감각해야 했다. 휠체어를 타고 데이트하기 시작하면서 나의 연애에 대한 불특정 다수의 피드백과 리액션이 휘몰아치듯 몰려왔기 때문이다. 그 피드백 양상은 꽤나 다양해서 다음과 같이 분류할 수 있다.

### A 타입
**우리의 관계가 너무너무너~무 아름다워서 참을 수 없는 사람들**

나와 전 애인은 솔직히 말하자면 그리 아름다운 관계는 아니었다. 하루가 멀다 하고 (보통 나의 잘못으로) 싸우고 (보통 그가) 울고 화해하는 일의 연속이었다. 하지만 A 타입은 그런 우리의 관계가 너무너무 아름다워서 참지 못하고 꼭! 자신이 느끼는 경이로움과 기쁨을 우리에게 전하고 싶어 하는 이들이다.

　나와 그가 여느 때와 같이 손을 잡고 가고 있을 때였다. 그는 걷고 나는 구르고 있는데, 지나치던 할아버지가 갑자기 우리를 보고 박수를 치기 시작했다. 순간 여기가 드라마 촬영장이고 감탄한 구경꾼이 기립 박수를 보내는 것 같은 착각이 들었다. 감사하다고 배꼽 인사라도 해야 하나? 나의 팬에게 손키스라도 날려주어야 할까? 우리는 그를 지나쳐갔으나, 그는 굳이 몸을 돌려 앞날을 축복하듯 계속해서 찬사를 보냈다. 갑작스럽게 찬미와 칭찬을 받은 나는 은혜를 받다 못해 넘쳐서 거룩이 아니라 거북한 기분이 들었다.

**B 타입**

**나의 애인이 너무 안쓰럽거나 대단하다고 느끼는 사람들(보통 나는 그들에게 보이지 않음)**

---

　나는 그리 불타는 사랑을 하는 타입은 아니다. 내 애정은 은은하고 잔잔해서, 아무 말 없이 서로 기대어있다가 안전한 감각으로 낮잠에 빠져들 때 이 사람을 사랑한다고 느낀다. 그런 내게 연애는 다른 무엇보다 '동등하고 쌍방향적인 관계'가 중요하다. 비단 나뿐만 아니라 많은 사람에게 적용될 이치일

것이다.

하지만 B 타입의 사람들은 이 명제를 모르는지 나와 그의 관계를 일방향적으로 해석하곤 했다. 당연히 내가 끈질기게 구애했을 거라는 사람부터, 우리의 관계가 그의 일방적인 희생일 것이라고 여기는 사람들까지 있었다. 나와 사귀는 것은 굉장한 인내심을 요하는 일이며, 그걸 이겨내(?)고도 내 곁에 있는 그는 너무나도 뛰어난 인품의 사람이라는 것이다. 솔직히 나와 사귀는 건 굉장한 인내심을 요하는 일이 맞는다. 하지만 그건 보통 내 싸가지와 변덕 탓이지, 장애 탓은 아니다. 내 장애 때문에 우리 관계가 힘들어지는 일이 있다면 그건 보통 B 타입의 인간이 전하는 말 탓이다. 그러니 걱정해줄 시간에 가던 길을 가는 게 낫다.

추운 겨울날 꼭 붙어 횡단보도의 초록불을 기다리던 우리에게, 아니 정확히 말하면 나는 아니고 전 애인에게만, 한 중년 남성은 자신의 엄지를 치켜세우며 느닷없이 칭찬 세례를 퍼부었다. "야, 너 진짜 대단하다. 정말 멋진 사람이다." 대뜸 반말 조로 칭찬을 건네던 그는 신호가 바뀌어 우리가 급히 이동할 때까지 뒤를 따라왔다. 그의 목소리가 파편이 되어 귓등을 때리는 것 같았다. 물론 나의 존재를 완벽하게 지우는 말이었고 나는 난데없이 투명 인간이 되었는데도 왠지 타격은 모두 내가 받는 것 같았다.

내가 옆에 있었음에도 그는 내 애인을 추앙(?)하는 것이 먼저라고 생각했는지 '멋지다, 대단하다, 엄청나다, 똑똑할 것이다' 등등 아마 그가 알고 있을 모든 좋은 형용사를 써대면서 엄지를 내릴 생각을 하지 않았다. 나는 여러 논리적인 반박과 비논리적인 대답과 원색적인 비난을 떠올렸지만 딱히 내뱉진 못하고 자리를 떴다. 가끔은 싸울 힘조차 나지 않게 하는 사람들이 있다.

그리고 인정하고 싶지 않지만, 나의 엄마 현미도, 나 역시도 가끔은 세미-B 타입의 사람이 된다. 현미는 헤어진 지 한참 지난 나의 애인을 잊지 못하고 종종 기억에서 끄집어내곤 한다. "애가 참 착하다"는 말을 덧붙이면서. 현미가 기억하는 몇 가지 '예쁜 순간'이 있는데, 그중 한 가지는 "길에서 너와 손을 잡고 걸어다니는 모습"이었다.

"아니 엄마, 사귀면 당연히 그러는 거야. 엄만 내가 창피해?"라고 장난스레 받아치곤 하지만, 현미는 애인이 나와의 연애를 숨기지 않고 함께 자주 여기저기 놀러 다니는 것을 고마워하곤 했다. 현미가 B 타입의 인간이 아니길 바라는 마음에 즉각 그 말을 부정하고 그 애의 못된 부분과 나쁜 점들을 와르르 쏟아내지만, 실은 나도 가끔은 그런 마음이 든다.

카페에서 모르는 사람이 측은한 눈빛으로 바라보며 자신이 우리의 음료 값을 대신 내겠다고 말했을 때, 그 사람을 만류하며 내 카드로 계산을 마친 뒤 카페를 나오면서 전혀 상관없는 우주에 애인을 초대한 기분이 들었다. 비장애인 남성인 애인은 내가 아니면 아마 평생 이런 일을 겪지 않고 살아갈 것이라는 생각이 머리를 어지럽혔다. 그 순간 나는 애인을 굉장히 힘든 길로 이끈 사람이 되었고, 그는 자동으로 아무것도 하지 않았음에도 위험한 우주에 뛰어든 착한 사람이 되고 말았다. 그와 내가 손을 잡고 거리를 걸으면 모두가 우리를 돌아보는 일상에서 그런 시선을 견뎌'주는' 것이 가끔 '고마웠'다. 나는 우리 사이에 위계를 짓는 생각을 하지 않으려 의도적으로 노력해야 했다.

## C 타입
**애초에 우리를 연인 관계로 보지 않는 사람들**

대한민국은 엄청난 유성애, 이성애 중심주의의 사회다. 남자와 여자로 보이는 인물 둘만 있으면 어떻게든 엮어보려는 시도는 예능에서도, 드라마에서도, 심지어 일상생활에서도 뻔히 보이는 패턴이다. 그렇기에 원하지 않는데도 생각지도 못한 사람과 '사귀냐'며 몰아가는 당혹스러운 순간을 경험해본 사람은 꽤 많을 것이다.

하지만 종종 나와 애인은 그 정반대의 상황에 놓였다. 허구한 날 손을 잡고, 팔짱을 끼고, 심지어 뽀뽀를 해도 "남매가 사이좋네"라는 말을 들을 뿐이었다. 오빠랑 뽀뽀라니, 그런 말을 들을 때마다 혈육이 있는 사람으로서 토할 것만 같았다. 동시에 절대로 나를 유성적 관계로 보지 않는 게 화가 났다. 사람들의 상상 속에서 자꾸만 지워지는 기분을 느꼈다. "장애인도 연애합니다." 이런 당연한 말을 하고 싶지도 않았다.

아, 양상을 정리해보니 더더욱 연애가 멀어지는 기분이 든다. 이 모든 피드백을 합산했을 때 내가 만나야 할 사람은 다음과 같다.

나와 '끼리끼리'인 사람

+

'건강하고 힘이 세서' 나와의 결혼 생활에서

모든 가사를 담당할 사람

+

지지고 볶고 싸워도 '아름다운' 관계로 보일 수 있는 사람

+

나를 긍휼히 여겨 일거수일투족을 도울 수 있는 성인

+

진하게 스킨십을 해도 혈육 같은 케미를 보여주실 분

+

쏟아지는 시선을 런웨이마냥 즐길 수 있는 관종


혹시 자신이 조건에 맞는다고 생각하면 연락주세요. 구인합니다. 아, 물론 이건 1차이고요, 2차 면접도 있으니 참고하세요.

# 힘이 세지는 주스가 있나요?

서울의 작은 아파트, 노란 장판, 북적이는 사람들 그리고 그 가운데에서 바닥에 배를 맞대고 엎드린 어린 여자아이와 성인 남성. 이것이 내 인생 최초의 기억이자 몸에 대한 첫 번째 기억이다. 이 두 사람은 놀랍게도 팔씨름을 하는 중인데, 전혀 균형이 맞지 않는 불공정한 경기지만 남성의 얼굴은 버겁다는 듯 붉게 달아올라 있다. 큰 기합과 어울리지 않게 그의 팔은 끝내 뒤로 넘어가고 만다. 이 요상한 팔씨름의 주인공은 나와 나의 아빠, 태균이다. 나는 네 살의 어린 나이에 건장한 성인 남성을 이긴 팔씨름 챔피언이 된 것이다.

내가 그렇게 강인한 팔뚝을 갖게 된 비결에는 토마토주스가 있었다. 왜 먹는지 도무지 알 수 없었던 시큼하고 물컹한 채소인 토마토. 그것을 갈아 만든 주스에는 삼키기 힘든 껍질과 덩어리들이 있었고, 마시면 혀가 따끔따끔 해지는 것도 같았다. 어린 나는 그 주스를 거부했는데, 이때 솔깃한 이야기를 들

·고 말았다.

　그건 바로 토마토주스를 마시면 엄청나게 힘이 세질 수 있다는 엄마의 말! 강인한 여자아이가 되고 싶었던 나는 단숨에 주스 한 컵을 비웠고 …… 그 결과물이 바로 이 요상한 팔씨름이었던 것이다. 그때는 내가 아주 조숙하고 똑똑한 아이라고, '다른 아이들'과는 다르게 어른의 꼼수에 속아 넘어가지 않는 어린이라고 믿었기에 정말 그 팔씨름에서 승리한 줄로만 알았다. 아니, 아빠 얼굴이 토마토처럼 터질 것 같았다니까!

　시간이 흘러 초등학교에 입학했을 때 내 몸이 아주 많은 양의 토마토주스가 필요한 몸이라는 것을, 아니 어쩌면 토마토주스를 500병 마셔도 힘이 세지지 않을 수도 있는 신체라는 것을 알아챘다. 다른 아이들이 모두 걸어 다닐 때 유아차를 타고 다녔고, 초등학교에 들어오면서 휠체어를 맞췄으니까. 다른 아이들이 앉는 의자 말고 나만의 나무 의자를 만들어 학교에 들고 가야 했으니까. 그래도 아무렴 상관없었다. 다른 아이들을 보고 곧 늦은 걸음을 떼기 시작한 난 친구들과 함께 복도를 뛰어다녔고, 뒤처지거나 대리석 바닥에 넘어져 무릎을 깰 때가 많았지만 날 뒤에서 안아 일으켜주는 친구가 있었다.

　그렇게 몸에 대한 인식은 내게서 멀어졌다. 몸은 나의 자아와 아주 가깝게 붙어있기에 거리를 두고 몸을 바라보거나 느끼는 건 새삼스러운 일이었다. 특히나 '장애가 있는 몸'은 더 더욱 인식되는 무언가가 아니었다. 후천적이긴 하지만 장애는 기억이 있는 시점부터 나와 함께 존재했기 때문이다. 어릴 적 부터 '다섯 살이 되면 나을 병—어른이 되면 나을 병—낫는 게 아니라 장애'라는 변화만 있었을 뿐 몸은 나로부터 떨어뜨려 관찰 가능할 정도로 먼 존재가 아니었다.

내가 몸을 생경하게 인식하게 된 것은 장애가 아니라 '여성'의 몸에 관심을 가진 순간부터다. 어린이책 베스트셀러 Why 시리즈는 《똥》 그리고 《사춘기와 성》 편만 유난히 닳아있다는 유머가 있는 것처럼, 나 역시 그러한 호기심 어린 발달 과정을 착실히 겪어온 어린이였다. 똥 이야기에 까르르 웃는 시기를 거쳐 가슴이나 생리 같은 것에 관심이 생긴 나는 《사춘기와 성》 편을 아주 (좀 많이) 정독했는데, 그 책에 나오는 여성의 몸이 내 신체를 들여다보게 한 계기가 되었다.

책에 그려진 이차성징 이후 여성의 몸은 내 것과는 많이 달랐다. 가슴이 엄청 크고, 골반이 넓고, 허리는 잘록했다. 어른 여성의 몸이 아기를 낳을 수 있는 형태로 발달한다는 설명을 읽었던 기억이 나는데, 당시의 나는 이 상태라면 아이를 낳기는커녕 어른의 몸은 영영 가질 수 없을 것만 같았다. 샤워를 하려고 옷을 몽땅 벗고 거울 앞에 서면 내 몸은 그냥 일자 그 이상도 이하도 아니었다. 빼빼로 같다고 동생은 곧잘 말하곤 했는데, 정말 그랬다. 마른 팔과 다리를 누군가는 부러워했지만 유독 마른 몸에 안 그래도 큰 머리는 더 커 보이곤 했다. 걷는 시간이 줄어들수록 다리는 더더욱 말라갔다.

그래도 열 살 때는 희망이 있었다. 조금만 더 나이가 들면 어깨도 넓어지고 허리도 잘록해질 거라고, 가슴과 엉덩이는 커져서 '여성 같은' 몸매가 될 거라고 꿈꾸던 시절이 있었다. 아무리 나이를 먹어도 열여섯 살 여성의 가슴이라는 그림만큼 가슴이 커지지 않았을 때 그게 그저 꿈이라는 것을 깨달았다. 그렇게 다시 바라본 몸은 가끔은 나를 놀라게 하는 무언가였고, 때로는 숨기고 싶거나 변형하고 싶은 존재가 되었다.

신체를 낯설게 여기게 되는 순간은 나이를 먹으면서 점점 많아졌다. 장애를 가진 내 몸, 여성인 내 몸이 파편처럼 이곳저곳에서 감각됐다. 걷는 내 모습을 촬영한 치료용 동영상을 처음 봤을 때는 정말 울고 싶었다. 뒤뚱거리며 겨우 걸음을 떼는 저 몸이 내 몸일 리가 없다고 생각했다. 학교에서 등교 시간에 캠페인을 하는 나를 친구가 찍어준 사진도 그랬다. 가뜩이나 앉아있어서 다들 나를 내려다보는데, 어깨가 좁고 몸이 얇은 나는 머리가 엄청나게 커 보였다. 허리도 여전히 이리저리 꺾지 않고서는 하나도 잘록하지 않았다.

나와 가장 가까이 붙어있는 내 몸은 지금도 세상 어느 것보다 나를 깜짝깜짝 놀라게 한다. 몸으로부터 문득 생경함을 느낄 때마다 노련하게 그 놀라움을 피하기도 하고, 때로는 화들짝 놀라기도 하며 일상을 산다. 그래도 이제는 불쑥 찾아오는 몸과의 낯선 만남에 뒤집어질 정도로 놀라지는 않는다. 놀람 혹은 낯섦을 잠재우는 멋진 순간을 몇 번 거쳤기 때문이다.

그중 하나는 장애인이 킬러로 나오는 헝가리 영화를 봤을 때다. 인상 깊었던 건 킬러로 등장해 장애인 스테레오타입을 깨부수는 남성 주인공도 아니고, 예상하지 못한 반전 결말도 아니었다. 바로 장애인 시설에서 밥을 먹고 있던 뇌성마비 장애여성 엑스트라 1이었다. 화면에 1초 정도 스쳐가는 그를 봤을 때 나도 모르게 이렇게 내뱉었다.

"저 언니도 나처럼 어깨가 좁네."

예상하지 않았던 말이 그의 존재를 반기듯 입에서 툭 떨어졌다. 그 말을 뱉었을 때의 희열감이란! 그를 비꼬려는 의도에서 나온 것도, 나 같은 인생이 또 있다는 동정의 표현도 아니었다. 공명하는 신체가 있다는 안도감과 연대감에서 온 것이었다. 그의 모습은 이런 몸도 있다고, 나와 같은 특징을 가진 몸이 이 세상 어딘가에 존재한다는 감각을 전해주었다. 내 신체는 '여성성'이 부족한 몸도, 비정상적이고 다 자라지 못한 몸도 아닌 수많은 맥락과 시간이 합쳐진 생동하는 존재였던 것이다.

그렇게 생각하니 벌어지지 않아 허리와 구분되지 않는 골반도, 좁은 어깨도, 비틀대며 가슴을 앞으로 내밀고 걷는 걸음걸이도 그냥 '나' 그 자체일 뿐이었다. 어디에나 공명하는 신체가 있다는 깨달음을 얻는 경험은 오히려 내 몸의 고유성을 찾는 데 아주 큰 힘이 되었다. 이제는 내게 힘이 세지는 토마토주스나 잘록한 허리는 그리 필요한 것이 아니다. 어쩌면 가끔은 원할 때도 있겠지만.

반가운 일은, 근래에는 다양한 존재를 포착하고 드러내는 움직임들이 훨씬 더 활발해졌다는 것이다. 틱톡이나 인스타그램처럼 일상을 쉽게 공유할 수 있는 플랫폼에서는 다양한 장애와 함께 살아가는 크리에이터들이 자기 삶의 한 조각을 쉽게 드러낸다. 며칠 전에는 뇌성마비를 가진 여성이 '이것이 뇌성마비가 걷는 모습이다'라는 제목으로 자신이 걷는 모습을 짧게 촬영해서 올렸다. 팔은 긴장으로 한껏 수축해있고, 발목은 꺾였고, 발바닥이 채 닿기도 전에 중심을 잡듯 빠르게 다음 발걸음을 떼는 모습이 꼭 나 같았다.

나의 걸음을 찍은 치료 시연용 영상을 차마 보지 못하고 고개를 돌려버렸던 나는, 나와 똑같이 걷는 이의 영상을 보고 반가워서 '좋아요'를 잔뜩 누르는 사람이 됐다. 똑같이 걸음을 떼고, 똑같은 곳에 수술 자국이 있고, 똑같이 어깨가 좁은 사람들이 더 많이 서로 반가워할 수 있으면 좋겠다. 나도 걷는 영상을 찍어서 올려볼까 생각하는 요즘이다.

# 구두 굽과 휠체어 발판

내 말과 행동과 창작물이 장애와 너무나 밀접하게 연결되어있다는 불안감을 자주 느끼곤 한다. 장애를 빼놓고는 아무 말도 할 수 없을 것만 같은 때가 있다. 매몰되어버릴 것만 같은 공포심이 들 때면 다른 나의 일부에 대해 생각해보곤 한다. 좋아하는 취미, 여행하고 싶은 장소, 읽고 싶은 책, 듣고 싶은 노래 따위.

하지만 결국 그것들을 떠올릴 때면 다시 게임할 때 키보드 위에서 강직이 심해지는 손을, 휠체어를 탄 채로 비행기를 타는 방법을, 나와 닮은 사람들의 이야기가 담긴 에세이를, 콘서트장에서 원하는 좌석에 앉는 일이 얼마나 어려운지를 떠올리게 된다. 내가 좋아하는 나의 모든 부분은 결국 몸을 통해 감각되기에, '나'를 이야기하며 장애를 지워내는 것 역시 불가능하다는 것을 다시금 깨닫는다. 이 과정을 거치고 나면 다시 얼마간은 장애에 대해 말할 용기가 생긴다. 나는 나에 대해 누구보다 자신 있게 말할 수 있는 사람이니까.

그만큼 장애는 나의 몸과 깊게 얽혀있다. 몸에 대해 읽고 쓰고 말하기 시작하면서 이제까지 내가 몸을 감각하던 방식을 새롭게 눈치챘다. 특히 2016년 즈음부터, 장애가 있으면서 여성의 몸을 가진 나를 다시 인식하게 되었다. '장애'와 '여성'. 내 몸에는 수없이 많은 특징이 있지만, 특히 이 두 요소는 나의 몸을 크게 가로지르고 있었다. 하지만 동시에 어떤 말을 해도 내 몸을 정확하게 설명하지 못하는 기분이 들었다. 늘 반쪽 정도만을 설명할 수 있었고, 어떤 공동체에도 절반밖에는 속하지 못하는 느낌이었다.

여성의 연대를 외치는 커뮤니티에서 나는 서로를 자궁을 가진 사람 혹은 성기로 명명하는 여성들을 만났다. 나 역시 자궁이 있고 여성으로 살아왔기에 얼마간 그 공동체에 속한다고 느낄 수 있었으나, 동시에 사춘기가 온 뒤 생리를 해결할 수 없다는 이유로 자궁을 적출하는 수술을 받은, 치료 센터에서 만난 언니들을 떠올렸다. '연대해야 할 여성'들이 모인 곳에 나와 치료를 함께한 언니들은 없었다.

여성들이 화장품을 부수고 긴 머리를 자르는 움직임이 활성화될 때도 비슷한 기분을 느꼈다. 화장하지 않고는 밖에 나가지 않으려 했던 중학생 시절의 나를 기억하기에 그런 변화의 흐름이 얼마나 소중한지 공감했다. 동시에 보호자가 머리를 감기기 힘들어서 원치 않는데도 머리를 짧게 잘라야만 했던 친구를 떠올렸다. 휠체어를 탄 채로 화장품 가게에 들어갈 수 없어서 내가 선물한 틴트를 아주 소중히 받던 친구도 기억났다.

비혼·비출산의 움직임에 연대하면서도, 내가 올라가 앉을 수 없었던 산부인과의 의자가 생각났다. 마치 "임신한 장애여성은 없다"고 말하는 것만 같은 병원이었다. 출산하지 않기로 선택하는 것이 아니라, 출산할 수 없는 존재로 여겨지는 사람들이 있는 것이다.*

'장애'라는 이름표를 하나 더 달고 여성들 사이에 등장한 나는 혼자 툭 튀어나와 있는 것 같았다. 나는 툭 튀어나오다 못

---

* 물론 지금 든 모든 예시가 정확하게 동일선상에 놓여있다는 말은 전혀 아니다. 장애를 가진 여성은 출산하거나 이성애 구조 속에 놓일 때만 '여성'이자 '사람'으로 인정받기도 한다. 장애인이자 여성으로 살아가는 이들은 다층적인 사회적 시선 속에서 분절되어 인식되기에, 단순히 이중의 차별이 있다고 말하기는 매우 어렵다는 점을 미리 밝힌다. 지금 든 예시도 그중 일부만을 서술했을 뿐이다.

해 아예 떨어져 나간 바깥 자매들을 떠올리는 사람이었다. 그래서 목소리 내는 여성들을 응원하면서도 마음을 다해 함께할 수 없었다. 그들이 연대하고 지지하는 여성상에 나는, 그리고 나와 닮은 자매들은 없을 것만 같았다.

한동안은 외려 그 반대로 행동해보곤 했다. 나를 장애인으로만 본다면, 곧잘 '장애인'의 욕망으로 여겨지지 않는 것들을 전부 해보려고 했다. 부러 연애를 과시하고, 머리를 기르고, 화장을 빡세게 했다. '너희가 생각하는 장애인의 모습하고는 다르지?'라는 일갈에서 나온 행동이었다. 하지만 어떠한 행동도, 여성의 몸을 가진 나로부터 자유롭지 못했다. 화장하지 않고 강연을 하러 나간 어느 날, 이전부터 알고 있던 이가 "화장 좀 하고 오지 그랬냐"라며 웃음 섞인 타박을 해왔다. 그 순간 여성에게 덧붙는 시선으로부터 내가 자유롭지 못함을 다시 한 번 실감했다.

고등학교에 다니던 시절 나의 인터뷰를 담은 기사가 포털 메인을 장식했을 때도 그랬다. 훈훈한 베스트 댓글 사이에 욕설과 성희롱이 난무하는 최신 댓글들이 있었다. 인터뷰이로 등장한 내가 미성년자였음에도 불구하고 (물론 성인에게도 해서는 안 될 말이었으나) 나의 성관계 방식을 멋대로 유추하거나, 도망치지 못할 테니 추행하고 싶다는 말이나, 이쁘게 생겼으니 오빠한테 오라는 식의 댓글이 달리기 시작했다.** 인터넷 속에 내던져졌을 때, 나는 여성이라는 사실을 강렬하게 감각했다.

완전히 반대의 댓글도 있었다. 계속 집에 있으라는, 장애인들은 꼴도 보기 싫다는 내용의 댓글들. 이럴 때는 내가 장애인이라는 사실만이 강조되는 기분이었다. 난 어느 정체성에서도 자유로울 수 없었지만 동시에 그 둘 중 하나로만 읽혔다. 내 몸은 여성 혹은 장애인 둘 중 하나로만 읽히고 감각되는 분절된 몸이라는 생각이 들었다.

어떤 목소리를 내고 어떤 활동을 해도 땅에서 1센티미터 정도 부유하는 듯한 기분이 들었다. 장애인이지만 비장애인 사회 속에서만 살아온, 여성인 동시에 장애인인, 장애인이며 여성인, 휠체어를 타지만 조금씩 걸을 수도 있는, 어느 무엇도 확실하게 잘라 이야기할 수 있는 것이 없었다. 이 중 한 가지 정체성을 기준으로 한다면 사람들이 그리는 이상적인 모습 어디에도 나는 없을 것만 같았다. 나는 나와 같은 사람들의 이야기

** 지금 기억을 환기하려고 다시 이 기사를 찾아보니 많은 악성 댓글이 삭제되어 있다. 하지만 그 밑에 달린 답글들을 보면 어느 정도 유추가 가능한 댓글이 많다. 더 일찍 고소할걸! 아쉬울 따름이다.

에 늘 갈증을 느꼈다.

그러다 《어쩌면 이상한 몸》이라는 책을 만났다. 내가 태어나기 이전, 그러니까 20년 전 장애인 운동이 본격적으로 시작되어 많은 것들이 만들어지기 전부터 장애가 있는 여성의 몸으로 살아온 사람들의 이야기가 담긴 책이었다. 30대부터 60대까지의 '언니'들 이야기였다. 이 책의 맨 앞에는 이런 말이 나온다.

장애여성: '장애 여성'이라고 띄어서 표기할 경우에 '장애'가 '여성'을 수식하는 것처럼 보일 수 있다. 장애여성을 하나의 정체성으로 이야기하고, '수식어-명사'라는 구분 없이 하나로 연결된 언어로 이해될 수 있도록 붙여서 '장애여성'으로 표기했다.

'장애여성'이라니! 장애여성 인권운동을 하는 단체 '장애여성공감'이 1998년에 만들어졌으니 적어도 20년 넘게 쓰여온 말이지만, 부끄럽게도 이 책을 펼쳐 들었을 때 이 단어를 처음 알았다. "'여성'이나 '장애인'이라는 이름으로 분절되는 것이 아니라 장애여성의 경험이 통합적으로 이해되기를 바랐다"라는 문장이 눈에 박혔다. 내가 처음 만난 '교차성'이었다. 내 몸이 장애인과 여성이 땅따먹기 하듯 어느 한 부분을 차지하는 것이 아니라, 분리되지 않을 만큼 서로 얽히고설킨 기찻길이 늘어진 곳처럼 느껴지기 시작했다.

　　나를 부르는 정확한 이름이 생긴다는 게 이렇게 설레는 일이라는 걸 처음 알았다. 나만 이런 경험을 하는 것이 아니라 이 세상 어딘가에 나와 같은 경험을 하는 사람이 많다는 것, 그리고 그들을 함께 부를 수 있는 이름이 있다는 것. 몸을 분절시켜 어딘가에 편입되려고 애쓰는 것이 아니라 나의 삶 그 자체로 불릴 이름이 있다는 것. 그것만으로도 얼마나 큰 용기를 얻을 수 있는지. 동지애라고 부를 수도 있고 자매애라고도 부를 수 있는, 혹은 연대감이라고 할 수도 있을 꿀렁꿀렁하고 이상한 기분을 정의 내리지는 못하겠지만, 그때부터 조금 덜 외로운 기분이 들었다.

　　유튜브를 시작하고 나서야 다양한 장애여성을 만날 수 있었다. 처음으로 균열을 낸 여성은 서윤 언니였다. 언니를 처음 봤을 때 나는 앞으로 유튜버로 살아가게 될 거라는 것을 꿈에도 모르던 고등학생이었다. 정장을 입고 구두를 신고 MC를 보는, 본인을 앵커로 소개하는 언니의 모습은 능숙한 사회인 같았다. 언니를 보면서 '나도 언젠가는 일하게 되겠지'라는 생각을 했다. 언니는 전동 휠체어를 타고 있었는데, 그 생김새가 너무 슬림하고 예뻐서 어디 건지 물어보려다가 얼떨결에 번호도 교환했다.

이후 내가 유튜브를 시작하게 되면서 언니는 장애여성들의 이야기를 담은 책을 함께 써보자고 제안하기도 했다(이후 우리는 둘 다 너무 바빠서 일을 개진할 수 없었다). 어느 날은 언니가 "지우야, 구두 좋아해?"라고 물었다. 나는 구두를 신고 싶지만 휠체어에 앉아있을 때 발목이 자꾸 꺾여 소장용으로만 가지고 있다고 답했다. 충동구매한 4센티미터 높이의 메리제인 구두가 집 신발장에 처박혀있었다. 신지 못할 것을 알면서도 갖고 싶었기 때문이다. 내 대답을 들은 언니는 말했다.

"그거, 구두 굽을 휠체어 발판 뒤에 걸면 돼. 신고 싶은 거 신어야지."

그 대답을 듣는 잠시 동안, 늘 1센티미터 정도 부유하던 발이 온전히 중력을 감당하며 땅에 붙어있는 것만 같았다. 구두를 신는 방법을 알아냈을 뿐인데 말이다. 정말 그거 하나뿐인데. 구두를 신는 것만 해결해도 세상 모든 일을 다 해낼 수 있을 것만 같았다. 얼른 집에 가서 구두 굽을 휠체어 발판에 걸어보고 싶었다. 발가락을 꼼지락거려보았다.

그 이후에도 몇 번, 온전히 두 발을 바닥에 붙이는 순간을 마주했다. 같은 경험을 한 여자들의 이야기가 얼마나 소중한지 알게 되었다. 여성으로 살아가는 이야기를 듣는 것만으로도 한 세월이 다 가도록 떠들고 공감할 수 있는데, 거기에 장애라는 특성이 더해지는 건 마치 각성제를 맞은 기분이었다.

그러니까, 여성으로 살아가는 게 에너지 드링크라면 거기에 장애라는 레모나를 타는 거다. 심장은 쿵쿵대고 입 안이 달콤하기도 한데 시큼하기도 하고, 속이 아플 때도 있고. 와글와글 심장이 터지도록 다양한 이야기가 있었으면 한다. 어떻게 하면 오늘도 기깔나는 비율의 드링크를 만들 수 있을지 고민한다.

# 시시한 야한 이야기

"넌 아직 어리니까 19금 이야기는 다음에 해줄게."

서윤 언니가 말했다. 구두 굽을 발판 뒤에 끼우면 된다는 '꿀팁'을 전수해준 바로 그 언니다. 와우, 갑자기 빨리 어른이 되고 싶었다. 이렇게까지 어른이 되고 싶은 적은 없었다.

상상력 대마왕인 나는 시간이 지날수록 언니의 이야기가 더더욱 절실해졌다. 그러니까, 언젠가 내게도 그런 날이 올 텐데. 제대로 된 성교육도 제공하지 않는 사회에서 (나는 심지어 4학년 성교육 시간에 엄마와 아빠가 손을 잡고 자면 아기가 생긴다는 말을 선생님에게서 들은 세대다!) 장애여성의 성 이야기를 들을 곳은 너무 적었다. 어릴 때 Why《사춘기와 성》을 닳도록 읽은 사람으로서 기본적인 성교육은 자기주도학습으로 마스터한 상태였지만 그건 어디까지나 비장애인의 성 이야기였다. 정작 한평생 함께 살아온 내 몸을 어떻게 다뤄야 하는지는 알 수가 없었다.

섹스를 하게 되는 날이 오면 어떻게 해야 하지? 몸을 어떻게 다뤄야 다치지 않고 안전하게 일을 진행(?)할 수 있을까? 상대에게는 또 어떻게 내 몸이 움직이는 방식을 알려주지?

친구들과 시시덕거리며 야한 이야기를 할 때도 내 고민이 조금 다르다는 것은 알았다. 친구들이 걱정하는 장소나 타이밍, 몸매나 다이어트보다 내 제일 큰 고민은 '섹스하다가 무릎이 빠지면 어떡하지?'였다. '긴장하면 다리에 강직이 심해지는데 완전 뻣뻣해져서 시작(?)도 못 하면 어떻게 해야 하지?'가 그 뒤를 이었다. '제멋대로 움직이고 가끔 덜덜 떨리기도 하는 나의 몸을 욕망할 사람이 있을까?' 하는 걱정도 있었다. 나처럼 다리를 마음대로 움직일 수 없는, 종종 탈골도 되면서 강직도 있는 언니들의 야한 이야기가 절실했다. 빨리 서윤 언니의 얘기를 듣고 싶었다.

장애인의, 특히 장애여성의 '야한' 경험담은 어디에서도 듣기 쉽지 않다. 장애여성을 바라보는 시선은 그의 몸을 완전히 무성화된 존재 혹은 철저하게 대상화된 존재, 그 두 극단 중 어느 한 곳에 가져다놓는다. 나는 수많은 시간을 지나쳐오면서 종종 그 극단 중 어딘가에 위치되는 기분을 느꼈다. 오늘은 그 두 곳에 모두 존재하는 신체, 마치 슈뢰딩거의 고양이 같은 내 몸에 관해 이야기해보려고 한다.

첫 번째로 장애인의 신체는 곧잘 의료계의 치료 대상 혹은 교재로 쓰이곤 한다. 그 과정에서 장애인은 철저히 무성적인 존재로 여겨지거나, 충분히 항의할 만한 상황도 대수롭지 않게 넘겨야 한다.

어렸을 때 치료 시연을 한다는 이유로 웃통을 전부 벗고 팬티만 입은 채 많은 사람 앞에서 운동한 적이 종종 있었다. 어린이도 공개된 장소에서 부끄러움을 느끼는 일이 있고, 설령 나쁜 의도 없이 권하는 일이더라도 혹시 불편해하고 있지는 않은지 어른들은 어린이의 몸과 마음을 충분히 살피고 존중해야 한다. 그러나 나는 어린이이고 동시에 장애인이라는 이유로 너무나 자연스럽게 그런 일을 해야 했다.

그게 싫어서, 언젠가부터는 현미에게 "엄마, 나 옷 벗기 싫어"라고 말했다. 현미는 치료사 선생님께 내 의사를 전했고, 그제야 얇은 운동복을 입고 치료를 받을 수 있었다. 하지만 내 몸은 종종 치료사들의 교재 삽화로, 참고 자료로, 수업 시연 자료로 쓰였다. 필요하다면 벗고, 더 잘 볼 수 있도록 학생들이 가까이 앉은 곳에서 치료를 받았다. 동의한 일이긴 했지만 내 몸이 물화되고 있다는 느낌은 지울 수 없었다.

초등학생 시절 말 위에서 재활치료를 하는 승마치료를 했다. 낙상 사고를 방지하려고 항상 두 자원봉사자가 내 옆에서 함께 걸었다. 말 위에서 일어서는 동작을 할 때, 두 자원봉사자는 내 허리를 받쳐줘야 했지만 언젠가 한 자원봉사자의 손이 자꾸만 엉덩이로 내려왔다. 허리에서 엉덩이로 내려오는 손길은 왠지 떠나갈 생각이 없는 듯했다. 불쾌했다. 나는 몇 번이고 "손 좀 올려주세요. 손 허리에 놔주세요"라고 말했지만, 그의 손은 자꾸만 엉덩이로 내려왔다. 꽤 시간이 지난 후에야 승마치료를 감독하는 치료사가 "선생님, 거기 말고 손을 조금만 위로 올려주세요. 민망하니까요. 하하" 정도의 뉘앙스로 그에게 말했던 기억이 있다.

그저 농담조의 언급이었다. 전혀 중요한 문제가 아니라는 듯. 치료사의 언급 이후에도 그 사람의 손은 계속 엉덩이에 있었다. 언제나 재미있어서 끝나지 않기를 바랐던 승마치료가 그날만큼은 빨리 끝나면 좋겠다고 생각했다.

한번은 물어물어 유명한 사립 치료 센터에 갔을 때다. 그곳은 '빡세게' 아이들을 치료하기로 유명한 곳이었다. 걷지 못하던 아이가 걸었다느니, 다리가 뻣뻣하게 굳은 아이가 유연해졌다느니 하는 소문이 자자한 곳이었다. 소문의 근원지인 만큼 대기자가 워낙 많아서 한참이나 대기를 걸어두고 기다리다가 어렵사리 들어간 치료 센터였다.

어느 날은 담당 선생님이 자리를 비워서 다른 선생님에게 치료를 받았다. 그곳은 요상하게도 모든 치료사의 운동 지도 방식이 같은 희한한 센터였다. 그날도 똑같은 치료를 받고 있었는데 문득 뭔가 이상한 느낌이 들었다. 치료와는 별개로, 분명히 불필요한 접촉이 일어나고 있었다. 물리치료는 사람의 몸으로 하는 운동이기에 서로 접촉이 있는 것은 당연한 일이지만 그날은 달랐다. 십몇 년을 치료받아오면서 한 번도 경험하지 못했던 일이 내게 일어나고 있었다.

나는 뒤늦게야 내게 무슨 일이 일어나고 있는지 눈치챘다. 그 치료사 역시 분명 의식하는 움직임이라는 것도 알 수 있었다. 속이 울렁거렸다. 더는 그가 요구하는 자세를 취할 수 없었다. 하지만 그 순간, 이게 내 오해일지도 모른다는 생각에 사로잡혀 쉬이 항의할 수 없었다. 그저 너무 힘들어서 더는 할 수 없겠다고 말했을 뿐이다. 나는 꾀병을 부리는 어린애를 연기하는 쪽을 택했다.

얼마 지나지 않아 그 치료 센터에 가는 것을 관뒀다. 지금 그만두면 다시 언제 치료받을 수 있을지 알 수 없었지만 더는 다니고 싶지 않았다. 그만두기로 했을 때, 그곳에 남아있는 언니들을 떠올렸다. 그 선생님에게 치료를 받던 언니들, 나보다 더 나이도 많고 몸의 발달도 빨랐던 언니들이 똑같은 일을 당할까 봐 두려웠다.

아무 말도 하지 못하고 나왔다는 죄책감에 시달리면서도 내가 오해한 거면 어쩌지 하는 자기검열이 따라붙었다. 그 접촉이, 치료 과정 중에 일어나는 어쩔 수 없는 일이었다고, 굳이 어리고 장애가 있는 몸에 불순한 접촉을 할 이유가 있겠냐고, 혹은 어린아이가 어떻게 그런 생각을 하냐고 몰아붙이는 장면들이 떠올랐다.

이 글을 쓰는 지금도 나의 오해였던 건 아닐까 하는 생각에 기록으로 남기는 데 용기가 필요했다. 그러나 내가 경험해야 했던 '치료'가 어떤 목적이었든 잘못된 행동이었다는 것은 확실히 말할 수 있다. 다음 치료 자세로 넘어갈 때마다 "지우야, 선생님이 잠시 여기에 손을 올릴게"라고 내가 확인할 수 있도록 전달한 이후 동작을 이어가는 치료사들을 만난 뒤 나의 해석을 좀 더 믿을 수 있게 되었다. 수혜자와 피수혜자의 일방적인 관계가 아닌, 치료 과정에서 서로를 존중하는 관계 맺음이란 그런 것이다.

장애아와 그의 보호자들은 몇 년의 대기를 거쳐 겨우 치료 예약을 잡고 병원의 여러 조항에 일상을 맞춰가며 치료를 받는다. 이 과정에서 치료 시간을 바꾸거나 다른 치료사로 변경을 요청하기는 당연히 쉽지 않다. 불편함을 느끼거나 문제라고 인식하는 상황에서도 항의할 만한 조건과 여유가 없는 것이다.

특히 장애아동의 경우 더더욱 자신의 의견을 전달하기 어려운 상황에 놓인다. 불편한 상황에서도 나는 먼저 나의 위치를 살피곤 했다. 치료사는 '어른'이고, 나는 '치료'를 받는 '환자'의 입장이며, 이 사람은 나를 '낫게' 해줄 수 있는 사람이니까. 치료사는 늘 가장 가까운 거리에서 만나야 하는 사람이고, 이 사람이 아니라면 또 언제 치료를 받을 수 있을지 알 수 없으니까.

물론 내가 경험한 대부분의 치료사는 매우 훌륭한 인품을 가졌고 나를 아껴준 사람들이었다. 나의 삶과 가치관에 크게 영향을 준 사람부터, 일상의 작은 조각들을 소중히 함께 나누고 때로는 나의 고민을 들어주거나 그들의 고민을 나누어준 이들이 치료실엔 가득했다. 이제는 선생님 말고 편한 호칭으로 부르는 동료가 된 이들도 있다.

그럼에도 몇몇 순간 하나의 인격이 아니라 그저 '치료를 받는 대상', 혹은 '무성적 존재'가 된 기분을 지울 수 없었다. 또한 사람 사이에 발생하는 많은 행위가 그저 '치료'로 여겨지면서, 치료의 대상이 되는 장애인의 몸은 성적인 맥락이 끼어들지 못하는 무성적인 신체가 된다. 치료실에서만큼은 성적인 일이 일어날 리 없다고 전제하는 셈이다. 분명히 존재할 경험을 지워버리는 일이다.

재활에 대한 사회적 관심이 여전히 낮고, 개별 장애에 특화된 병원이 없는 것도 이 문제에 한몫한다. 독일의 경우 140개, 일본의 경우 202개의 어린이 재활병원이 있는데 한국에는 단 한 곳만이 존재한다고 한다. 물론 다른 치료 센터들과 사설 병원들이 있으나, '어린이 전문 재활병원'으로 명명되는 곳은 2022년 현재까지 단 한 곳뿐이다.

나이가 차 더는 소아 재활 치료 센터에 다니지 못하게 되면 성인 재활 치료 센터로 가게 되는데, 그곳에는 뇌졸중 환자 등 노인 환자가 대부분이기에 뇌성마비 등 청소년이나 청년 장애인을 치료해본 경험이 거의 없는 치료사들이 있다. 어디서도 나의 장애 유형에 적합한 치료를 받기 어렵다는 말이다. 20대, 30대의 장애청년도 분명 있을 텐데, 그들은 모두 어디에 있는 것일까. 나도 비슷한 이유로 지금은 치료를 받지 않고 있고, 매주 필라테스를 하러 다니고 있다.

두 번째는 철저하게 성적으로 물화되는 상황이다. 인터뷰이나 출연자로서 기사나 텔레비전 프로그램에 등장했을 때 내게 달렸던 수많은 성희롱성 댓글을 기억한다. 어떤 커뮤니티에서는 장애여성과의 성 경험을 떠벌리며, 상대의 특징을 은어로 만들어 다른 장애여성을 지칭할 때도 사용한다는 것을 알고 있다. 나도 '그 이름'으로 댓글창에서 불리기도 했다. 여성이 가지고 있는 장애를 단순히 페티시화 해서 만드는 음란물이 있다는 것도 안다. 그럴 때면, 마치 나의 신체가 물건이 된 듯한 기분을 지울 수 없다. 나를 살아있는 자위 도구에 비유하는 악성 댓글을 받아본 적도 있다.

가끔 뉴스에서 장애여성을 대상으로 한 범죄를 맞닥뜨릴 때, 보도 내용은 내게 현실의 위협으로 다가온다. 수어를 사용하는 여성을 보고 성범죄를 계획한 사람의 이야기나 지적장애 여성을 대상으로 한 성폭행 사건들을 접하면 장애를 단지 성적인 무언가로 여기거나 성적인 폭력을 저질러도 되는 '취약성'으로 보는 사람들이 있다는 현실 인식이 공고해진다.

드러나는 장애를 가지고 있는 장애여성으로서, 나의 장애가 '취약성'이 아님을 알지만 동시에 이를 '취약성'으로 여기고 나를 쉽게 판단할 사람들이 있다는 것은 위협적인 일이다. 술에 취한 남성이 밤늦은 시간 도와주겠다며 갑자기 내 휠체어를 붙잡거나 내 휠체어 손잡이를 잡고 기대어 설 때, 나는 공포를 느낀다. '성추행해도 저항할 수 없겠다'는 악성 댓글이 밤길을 거닐 때 불쑥불쑥 머릿속에 떠오른다.

완전히 무성적으로 존재하면서 동시에 너무나 성적인 무언가로 보이는 내 몸을 바라본다. 나처럼 다리가 뻣뻣하게 굳어있고, 종종 탈골되는 무릎을 가진 언니들의 '야한 이야기'를 듣고 싶다가도 덜컥 겁이 날 때도 있다. 잘 들리지 않는 소수자의 목소리는 자꾸만 그 특성을 가진 모두의 경험으로 일반화되곤 하니까. 나의 작고 개인적인 경험이 모두의 목소리가 될까 봐, 또 어떤 방식으로든 장애여성의 대상화에 일조하는 이야기가 될까 봐 두렵다. 자신의 잘못이 그저 자신의 잘못으로만 여겨지는 일도 권력이다. 누군가는 한 번의 실수를 하더라도 그 일이 그가 가지고 있는 정체성을 공유하는 모든 이의 것이 되기도 하니까.

그래서 더 많은 장애여성의 다양하게 야한 이야기를 듣고 싶다. 무성, 아니면 지나치게 섹슈얼한 몸으로 바라보는 시선 속에서 살아온 사람들의, 사실은 별거 없고 소소한 야한 이야기가 궁금하다. 개인적이고 시시콜콜한 이야기가 더 많아지면 좋겠다. 그 중간 즈음의 이야기가 많아져서, 우리의 몸은 분절된 무언가가 아니라 크나큰 스펙트럼 속에 연결된 선으로 존재한다고 말하고 싶다. 가끔은 실언도 하고 그만큼 좋은 기록도 남길 수 있는 안전한 공간이 있기를 희망한다.

아, 빨리 언니한테 가서 19금 이야기 이제는 해달라고 해야지.

# 디-시스터즈, 언니들 이야기가 궁금해서

    현미는 요즘 릴스를 보는 재미에 푹 빠졌다. 그의 알고리 즘에는 귀여운 고양이가 우유를 마시는 영상이라든가, 어딘가 이상한 생활 속 꿀팁을 주는 영상, 부부처럼 보이는 이들이 서 로에게 과한 장난을 치는 영상이 곧잘 뜬다. 나는 SNS 중독자 이기 때문에 이미 한 번씩 본 영상들이지만, 현미는 재미있다 며 휴대전화를 들고 와 내게 그것들을 보여주곤 한다.

    현미가 특히 한껏 기대하는 얼굴로 보여주는 것은 휠체어 탄 여성의 모습이 담긴 영상이다. 영상 속 인물은 춤을 추거나 멋진 옷을 입거나 다정하게 연인과 포즈를 취하고 있다. 나보 다는 훨씬 나이가 든 모습이다. 현미의 얼굴은 자연스레 나를 그에게 투영하며 내 미래를 상상하기라도 하는 것 같다. 지우 야, 너도 이렇게 춤추는 것도 올려봐. 이 사람 봐. 남편이랑 너 무 예쁘지 않니. 아기도 낳았나 봐. 너도 낳을 수 있다니까. 얼 마간은 동의할 수 없는 권유도 섞여있지만, 가정을 이뤄 나이

들어가고 있는 휠체어 위의 여성을 목격하는 것이 현미에겐 행복한 일 같았다.

현미가 보여주는 영상에 100퍼센트 몰입하지는 않지만, (특히 그것이 남편과 아이와 함께 있는 영상이라면) 나 역시 나와 비슷한 사람을 미디어에서 발견했을 때의 두근거림은 매우 잘 알고 있다. 유튜브에 영상을 올리기 시작한 후로는 더더욱 그랬다. 장애를 가진 유튜버로서, 화면 너머에서 비슷한 이야기를 하는 장애여성을 마주치면 금세 친구가 된 것만 같은 착각에 빠지곤 했다. 그리고 이내 착각은 사실이 되곤 했다. 우리는 늘 알음알음 서로를 알고 있었다. 실은 한 번도 만나보지 못한 사람이지만, 마치 상대를 오래 알고 지내온 사람처럼 댓글을 남기면 그도 그만큼의 친밀감을 표현하며 답글을 써주곤 했다.

늘 잘 보고 있어요. 파이팅이에요. 하트로 무장한 답글을 주고받고 나면 이내 우리는 어딘가에서 꼭 만나게 된다. 지인의 지인이어서 연락처를 전달받기도 하고, '장애'라는 주제로 종종 행사 자리나 스튜디오에서 만나기도 하는 식이다. 그러면 또 세상 반갑게 서로를 환영하고 이내 친구가 된다. 마음속 깊은 곳의 이야기까지 모두 콘텐츠로 만드는 이들은 아주 쉽게 친밀한 사이로 발전한다.

그렇게 모인 사람들이 바로 우령과 하개월 그리고 나다. 공교롭게도 시각·청각·지체 장애가 골고루(?) 모여서 안정감마저 드는 이 조합은 '장애인' 혹은 '장애 유튜버'로 곧잘 묶여 호명되는 이들이지만, 그 안에서 관계 맺는 우리의 모습은 한 단어로 묶기에는 너무나 다른 모양새다.

한 명은 주로 청각을 사용해 대화하는 사람이고, 한 명은 주로 시각을 사용해 말하는 이다. 그리고 그 사이에 갑자기 키가 훅 작아져서는 모두가 서 있을 때 혼자 앉아있는 사람이 있다. 우리는 서로를 이미 다 알고 있는 것처럼 인사를 건네고서는 장애를 가지고 험난한 유튜브 세상에서 고군분투한다는 작은 공통점 때문에 금세 절친이 되었지만, 친해진 시간과 대비되게 서로를 느릿느릿 파악하고 있다.

서로 다르게 세상을 감각하는 사람들의 관계에서는 새로운 문법이 만들어진다. 그 과정은 어떠한 법칙처럼 한순간 정해지는 것이 아니고, 삐끗대며 실수해나가면서 자연히 서로의 방식에 익숙해지는 것에 가깝다. 그렇게 어설피 생성되는 문법을 발견할 때, 나는 우리가 한 차례 더 단단하게 묶이는 기분을 느낀다. 서로의 몸이 서로에게 익숙해지는 장면을 사랑한다.

예를 들면 이런 것이다. 우리가 걸을 때, 하개월은 늘 가운데에 선다. 그리고 난 그의 왼쪽에, 우령은 하개월의 팔을 잡고 오른쪽에 선다. 길을 걸을 때 안내 보행을 필요로 하는 우령이 나머지 손엔 안내견 하얀이의 목줄을 잡고 있으니, 나는 그 반대편에 서는 것이다. 하지만 우리가 대화를 나눌 때면 하개월은 가장자리로 간다. 수어를 할 줄 모르는 우리를 위해 그는 구화를 해야 하고, 그러기 위해서는 가장자리에서 두 사람의 입 모양을 모두 읽어야 하기 때문이다.

또 나는 대화를 할 때 "언니!"라고 누군가를 호명하지 않는다. 꼭 이름을 붙이거나 상대를 툭툭 치는 식이다. 내 얼굴이 향하는 방향이 우령에겐 전해지지 않기 때문에 어떤 언니를 부르는 것인지 명확히 할 필요가 있고, 하개월이 날 보고 있지 않을 때는 그에게 내 입 모양이 전해지지 않기 때문이다.

우리는 함께 가다가도 높은 오르막이 나오면 대열을 바꿔 움직이기도 한다. 그럴 때는 우령이 가장 앞에서 먼저 길을 걷고, 내가 가운데로 가고, 휠체어가 기울어지지 않도록 하개월이 가장 뒤에서 내 손잡이를 잡는다. 이 모든 과정은, 합의된 무언가가 아니라 오랫동안 서로의 몸에 주의를 기울인 결과물이다. 대화가 안 통하기도 하고 길을 가다 부딪히기도 하면서 만들어진 시간의 흔적이다.

우리는 너무나 다른 감각으로, 서로 다른 방식으로 세상을 살아내고 있지만, 장애여성으로 살아가며 겪어내야 하는 것들을 잘 알고 있다. 우리가 모인 자리에서는 콘텐츠를 만드는 과정에서 겪는 고민, 어느 자리에 가든 묘하게 MC보다는 게스트가 되는 순간, '어린 여성'으로서 여러 사람을 만날 때의 미묘한 느낌에 대한 감상이 툭툭 튀어나온다. '나만 예민하게 느끼는 걸까?'라는 생각을 할 때마다, 이 자매들을 만난다. 그들을 만나면 나의 예민함과 성격 나쁨은 기민함과 당당함이 된다. 나도 그랬다며, 묘하게 그런 게 있다고 고개를 끄덕이는 순간이면 정말 한세월 이들과 수다를 떨고 싶어진다.

그래서 만들어낸 콘텐츠가 '디-시스터즈'다. 수다를 떨 거면 아예 카메라 앞에서 떨어서 전부 콘텐츠로 만들어버리자는 나의 검은 마음이 이 콘텐츠 기획 의도다. 일회성으로 끝내고 싶지 않아서 엉성하게 코너명도 지어보았다. 'Different, Disabled, Diversity'의 앞 글자를 따 D-와, 나의 '언니' 집착을 여실히 드러내는 단어인 '시스터즈'를 붙였다. 처음으로 함께 이야기를 나눈 주제는 '연애'였다. 연애하는 장애인, 연애하는 여성인 장애인은 너무도 드러나지 않은 존재라는 큰 이유도 있었지만, 실은 그냥 관심을 끌어서 조회수를 높이려고 선택했다.

이 영상은 실제로 요즘 계속해서 침체기를 겪고 있는 내 채널에서 가장 큰 인기를 끌었다. 촬영 당시 나를 빼고 둘은 모두 연애 중이었다. 원하는 남자는 모두 자기 것으로 만들었다는 하개월과 많이 사귀어봤지만 지금 애인이 첫사랑이라고 주장하는 우령 사이에서 나는 열심히 차기 애인을 구했다.

모두 같은 경험을 한 줄 알았는데, 우리의 입에서 나온 이야기는 사뭇 달랐다. 같은 장애를 가진 상대를 만났던 둘과 늘 다른 몸을 가진 이를 만났던 나. 장애인 말고 '멀쩡한' 남자를 사귀라고 강요당하는 여자와 '멀쩡한' 남자를 꼬신 '이기적인' 여자가 동시에 존재하는 말하기였다. 경험해보지 못한 이야기지만 동시에 너무나 잘 알 것만 같았다. 알지 못했던 세계를 알아감에도, 그 속의 몇몇 이야기 조각은 나의 그것과 너무나 닮아 있었기 때문이다.

이들과 이야기하다 보면 전혀 다른 사람의 시간에서 나를 발견하는 순간이 있다. 우리의 이야기는 너무도 사소하고 작아서, 혹은 시시하고 조그마한 것이라고 여겨져서, 자꾸만 잘 들리지 않을 때가 있다. 어느 매체에서든 사람의 이야기가 나올 때면 그 사람은 장애가 없는 몸을 가진 이였고, 장애인의 이야기가 나올 때면 그 사람은 남성일 때가 많았다. 그 속에서 우리는 부러 힘을 내어 우리 이야기를 하곤 한다. 안내문의 픽토그램pictogram에, 동화책의 그림에, TV 프로그램의 패널에 우리를 닮은 이가 등장하기를 기다리면서.

아직도 할 말이 너무나 많다. 존재를 기다리는 말하기의
힘은 거기서 온다.

**4**

행운이 없어도

삶은 계속된다

# 행운이 함께(해야만) 하는 입학

일곱 살 어린이는 무슨 고민을 하며 살까? 일곱 살 적 나의 가장 큰 고민은 '1년 꿇을까 말까'였다. 입학하기도 전에 유급을 고려하는 어린이라니. 퍽 흔한 고민은 아니다. 어린이도 각자의 기준으로 최선의 선택을 고민하며 하루를 살아가지만 내 고민은 모든 국민에게 초등학교 의무교육이 적용되는 2000년대에 쉬이 떠올릴 수 있는 종류는 아니었다.

장애가 있는 어린이에게 '학교'는 다르게 다가온다. 나는 혼자 보행할 수 없는, 유아차를 타고 다니는 어린이였다. 누군가가 내 유아차를 밀어주거나 나를 부축해주지 않으면 일상생활을 영위하기가 어려웠다. 그런 내가 갈 수 있는 학교는 존재하지 않는 것 같았다. 많은 장애아와 그의 부모들이 같은 고민을 했고, 몇 년씩 입학을 미루는 경우가 왕왕 있었다.

현미와 태균도 나와 함께 고민했다. 하지만 일곱 살의 나는 꼰대력이 풀 파워로 충전되어 있었기 때문에 나보다 한 살 어린 아이들에게 "야" 소리를 듣는 건 죽어도 싫었다. 물론 이 이유 때문만은 아니었다. 나는 어린이집과 유치원에 다니면서 친구들과 어울리는 것을 무엇보다 좋아하는 아이였고, 입학을 미루지 않더라도 언제든지 건강이나 치료의 이유로 학교를 쉴 수 있었기 때문에 최대한 시기에 맞추어 입학하는 것을 선택했다. 누군가에겐 자연스럽고 당연한 일도 우리 가족에게는 '결단'을 내려야 하는 일이었다.

입학을 결정한 이후에도 고민은 끝나지 않았다. 어느 초등학교에 가는지부터 시작해서 가서 어떻게 생활해야 하는지, 선생님께는 나를 어떻게 설명해야 하는지, 모든 것이 고민과 결정의 연속이었다. 현미는 우리 집 주변 초등학교를 모조리 방문하기 시작했다.

초·중·고, 12년 동안 내가 다닐 학교를 고르는 기준은 언제나 '엘리베이터가 있는가'였다. 학군, 교육 방식, 교사의 실력, 내신성적을 따기 쉬운지 어려운지, 입시 결과 등의 조건은 늘 뒷전으로 밀려났다. 그 어떤 학교에도 '장애학생의 입학을 불허한다'는 규정이 있지는 않았다. 하지만 엘리베이터가 없고, 장애인 화장실이 없고, 활동을 보조해줄 보조 선생님*이 없고, 장애학생의 특성을 이해하고 있는 특수교사가 없고, 특수반이 없는 학교는 장애학생을 온몸으로 거부하는 것과 다름

없다.

고등학교를 졸업할 때까지, 입학 시즌이 다가올 때마다 현미와 태균이 의례마냥 하던 일은 내가 다닐 학교의 교장과 교감 선생님을 만나 면담하는 것이었다. 마치 학교에 다녀도 되냐고 허락을 받는 것처럼. 모든 학부모를 만나려면 교장 선생님은 참 힘들겠다고 생각하곤 했는데, 그것이 우리 엄마와 아빠만 하는 일일 줄이야.

나는 이제 고등학교를 졸업했고, 현미가 머리를 숙이며 나를 '부탁'하던 순간과도 많이 멀어진 대학생이 되었다. 그래서 이 일이 그저 옛날의 기억일 거라고, 지금 입학을 앞둔 장애학생들은 겪지 않을 일이라고 믿고 싶다. 하지만 유감스럽게도 여전히 많은 학생이 장애학생의 입학을 거부하는 학교 앞에서 고민하고, 부탁하고, 고개를 숙인다. 자신의 아이가 다닐 수 있는 학교를 짓기 위해 무릎을 꿇는 엄마들이 있고, 다닐 수 있는 학교가 없어 이사를 다니는 사람들이 있다.** 누구에게나 당

---

＊ 장애인의 생활 전반을 돕는 활동 보조인, 특히 학교에서만 활동을 지원하는 선생님이 교육청에서 따로 배정되었다. 나는 늘 보조 선생님이라는 이름으로 그를 불렀다.

연한 '학교 가는 길'을 막는 것은 아이러니하게도 '학교'다. 학생을 거부하는 학교라니, 대단한 역설이 아닐 수 없다.

　나는 학교에 다닐 수 있었지만, 순전히 '운'이 좋았기 때문이다. 사는 곳 주변에 엘리베이터가 있는 국립 초·중학교가 있었으며(지어진 지 오래되지 않은 학교였다), 고등학교 입학 1년 전에 사립고등학교가 우리 동네로 이전해 새로 지어졌다. 내 모교는 그전까지 장애학생에 대한 고려가 없었지만, 이전하면서 엘리베이터를 만들고 특수반을 설치했다. 특히 사립학교는 교육부에서 특수학급, 엘리베이터 설치를 권고해도 설치하지 않을 수 있기에, 다닐 수 있는 거리에 그것도 입학 직전에 이 고등학교가 생긴 건 어마어마한 행운이 아닐 수 없었다. 나는 '운 좋게' 초·중·고를 다닐 수 있었다. 반대로 말하면, 어느 한 시기만 틀어졌어도 나의 입학과 졸업은 순탄할 수 없었다는 이야기다.

✳✳ 2017년 강서 지역 공립 특수학교 신설 2차 주민토론회에서부터 2020년 서진학교가 설립되기까지 장애인학부모회 어머니들의 용기와 강단 있는 행보를 담은 영화 〈학교 가는 길〉이 2021년 5월에 개봉되었다. 지금은 카카오페이지에서 볼 수 있다. 유튜브에서도 구매 및 대여가 가능하다.

행운이 따라야 교육을 받을 수 있다는 것은 지금도 여전히 유효한 명제다. 궁금해진다. 부탁하지 않아도, 운이 없어도 입학하는 삶은 어떤 삶일까. 나는, 그리고 많은 사람은 여전히 그런 삶을 경험하지 못하고 있다.

# 학교에 대한 단상

의무교육 12년을 통과하면서[*] 많은 기억이 파편처럼 남아있다. 가장 큰 기억의 조각은 장소와 인물로 나눌 수 있는데, 하나씩 이야기를 끄집어내보려고 한다.

## 화장실

학교를 떠올릴 때 가장 먼저 생각나는 장소가 화장실이라니! 아무래도 프로이트가 옳았다. 나는 항문기를 거칠 때 무슨 문제가 있었던 것이 틀림없다. 똥오줌 개그에도 까르륵 웃는 걸 보니 확실하다. 그런데 이런 반응이 당연하지 않나. 학교에

---

[*] 장애인 등에 대한 특수교육법 제3조에 따르면, 특수교육대상자는 고등학교까지가 의무교육이다.

서 학생들이 교실만큼 자주 드나드는 곳이 화장실이다. 거기서는 오만 사고가 다 일어난다. 가끔은 무서운 학주쌤을 피해 숨을 수 있는 은신처이기도 하고, 수업 시간에 몰래 빠져나와 나만의 시간을 보낼 수 있는 장소이기도 하다.

나는 조금 다른 이유로 화장실을 감각했다. 학교생활을 하면서 나를 배제하는 수없이 많은 구조물을 만났지만, 화장실은 그중에서도 특히 나의 존재를 거세게 거부하는 곳이었다. 치사하게 오줌 싸는 걸로 차별하다니, 유치하기 짝이 없다(놀랍게도 이 유치한 일은 학교 밖 사회에서 더욱 심한 농도로 이루어지고 있다. 검색창에서 '오줌권'이라는 말을 찾아봐주시길 바란다).

학교에 처음 입학했을 때부터 12년 후 졸업할 때까지 크고 작은 이유로 화장실과 불화해야 했다. 가장 처음 화장실이 나를 위한 공간이 아니라고 느낀 것은 초등학교 1학년 때였다. 나는 무수한 통과의례를 거친 뒤 엘리베이터가 있는 학교 중 집에서 가장 가까운 학교에 입학했다. 1,500명이 넘는 학생들이 매일 등하교를 했지만, 장애가 있는 학생은 나 혼자였다. 현미는 나의 담임이 될 사람을 미리 찾아뵙고 손 편지를 써가며 '잘 부탁드린다'는 말을 남겼다. 고민할 것도, 부탁할 것도, 확인할 것도, 미안할 것도 많은 입학이었다.

입학 뒤에도 여전히 울퉁불퉁한 길 위를 덜컥대며 구르는 것마냥 학교를 다녔다. 유아차를 타고 학교에 다니기는 싫어서 하늘색 바탕에 연보라색과 핑크색 체크무늬가 들어간 휠체어를 샀다. 그런데 학교의 책상과 의자는 휠체어가 들어가기에는 너무 좁아서, 새로 등받이와 손잡이가 있는 나무 의자를 만들어 학교에 갔다. 몸통에 힘이 부족해 앉아있다가도 픽 넘어질 수 있었기 때문이다. 학기를 시작하고 한참 동안은 보조 선생님이 배정되지 않아서 현미나 태균이 학교에 있곤 했다. 현미나 태균은 장애가 있는 아이를 키운다는 이유로 등교한 딸의 모든 활동을 책임져야 했다.

현미랑 있을 때는 그나마 괜찮았는데, 가끔 태균과 함께할 때면 화장실에 가는 것이 곤욕이었다. 학교에 장애인 화장실은 없었고, 여자 화장실이나 남자 화장실 중 하나를 택해 들어가야 했다. 불행히도 나와 태균의 성별은 달랐다. 내 또래 남자애들이 오줌을 싸고 있는 곳에 들어갈 수는 없어서 참다 참다 못해 붐비지 않는 시간에 여자 화장실에 간 적이 있다. 태균이 화장실 밖에서 "얘들아, 아저씨가 친구 도와줘야 해서 잠시만 들어갈게"라고 동의를 구했지만, 화장실에 남아있던 여자아이들이 남자가 화장실에 들어왔다며 태균에게 소리를 지르고 손가락질을 했던 기억이 난다.

나는 태균의 품에 안겨 어깨에 고개를 묻었다. 아이들의 높은 목소리가 귓가에 왕왕 울렸다. 부끄럽고 창피했다. 아이들이 밉지는 않았다. 여자는 여자 화장실에, 남자는 남자 화장실에 들어가야 한다고 배웠으니까. 모르는 아저씨가 화장실에 들어오는 건 실제로 매우 위험한 일이니까. 그렇지만 내가 갈 수 있는 화장실을 한 곳도 만들어놓지 않은 학교는 조금 미웠다. 다행히 얼마 뒤부터는 교육청에서 보조 선생님을 배정해서 아이들의 고함을 들을 일은 사라졌다.

중학교에서도 상황은 비슷했다. 뜯어지지 않게 스타킹을 올리는 법과 치마를 변기에 빠뜨리지 않는 법을 연습하면서 난 중학생이 됐다. 내 장애에 익숙해지기 시작하면서, 좁은 칸에서도 어떻게든 벽을 짚어가며 화장실을 이용하는 법을 터득했지만 화변기를 사용할 수는 없었다. 내가 다니던 중학교는 한 화장실에 네 개의 칸이 있었는데, 그중 세 개가 화변기였다. 누가 양변기를 쓰고 있는 날이면 다리를 배배 꼬며 세상에서 가장 긴 시간을 견뎌야 했다. 배탈이라도 난 날에는 하늘이 노래졌다.

'장애인 화장실'이라고 이름 붙여진 공간이 있었으나 그 화장실은 다 뜯어져 덜렁거리는 미닫이문으로만 겨우 가려져 있었고, 심지어 아이들이 지나다니는 복도와 바로 붙어있었다. 내 오줌 소리를 복도에 생중계하기 딱 좋은 곳이었다. 그리고 보통은 청소 도구함으로 쓰였다. 덕분에 중학교에 다니는 3년 동안 장애인 화장실을 이용해본 적이 단 한 번도 없었다. 쉬는 시간 10분은 단지 치열하게 화장실을 다녀오는 시간이었다. 다른 일을 할 새는 없었다.

## 교실

교실은 내게 두 가지 의미가 있는 공간이었다. 모두가 같은 책상을 쓰고 같은 의자에 앉아 같은 수업을 듣는 평등한 공간이자, 아이들과 어느 때보다 극명하게 격리되는 공간. 모든 아이가 교실을 비울 때도 나는 그곳에 있었기 때문이다.

언젠가부터 체육 시간에 함께 나가는 것이 싫었다. 그 어떤 선생님도 나의 몸에 맞는 운동 방법을 알고 있지 않았다. 나는 대부분 그냥 체육관 구석에 혼자 앉아 있어야 했다. 12년 동안 늘 그랬다. 겨울이 되면 혼자 가만히 앉아 운동장 구석에서 바람을 맞느라 손과 발이 꽝꽝 얼었다. 몸을 움직이면 덜할 테지만 내게 허락된 공간은 운동장 구석 벤치, 딱 그곳뿐이었다. 보다 못한 중학교 체육 선생님이 언젠가부터는 교실에 들어가 있어도 좋다고 했다.

지금에서야 나를 교실에 돌려보내는 것이 아니라 어떤 방식으로든 함께하는 방법을 찾는 게 좋지 않았을까 하는 아쉬움이 들지만, 그때는 "들어가라"라는 말이 그렇게 감사할 수가 없었다. 어떤 선생님들은 수업이 다 끝날 때까지 들어가는 것조차 허락하지 않았기 때문이다. 수업에 참여해야 한다는 이유에서였지만 그들은 나와 함께 운동하는 방법까지는 몰랐다. 나는 50분이 다 지나도록 지루하게 가만히 있다가 교실에 들어갔고, 고등학교 체육 성적은 언제나 9등급이었다.

성적을 대체할 만한 무언가를 제시받지도 못했다. 내신성적이 좋아 수시와 정시 모두를 준비하던 내게 체육 점수 9등급은 불안 요소 중 하나였다. 예체능 점수는 크게 중요하지 않다고들 했지만, 공부를 잘하는 아이들은 예체능 점수도 잘 받아내려고 기를 썼다. 나와 같은 점수, 같은 등급의 비장애학생이 있다면 어느 한 과목이 9등급인 나보다는 그 친구를 뽑을 거라는 불안이 입시 내내 있었다.

비상 대피 훈련을 할 때도 내 자리는 항상 교실이었다. 비상 대피 알람이 울리면 학생들은 모두 한 줄로 서서 계단을 내려가야 했다. 당연히 엘리베이터를 이용하지는 않는다. 재난 발생 시 엘리베이터를 타지 않는 것은 '상식'이니까. 화재 시 엘리베이터 운행이 중단될 수 있고, 갇히면 질식사의 위험이 있을뿐더러 엘리베이터는 화재 감지 시 대부분 전원이 차단된다. 그리고 그 훈련의 한가운데 늘 엘리베이터가 없으면 밖에 나갈 수 없는 내가 있었다.

　나는 '상식'의 범주에서 벗어난 인간이었다. 불이 났을 때 작동하지도 않을 엘리베이터를 타고 운동장으로 나가는 건 우스운 일이었으므로 아무도 내게 대피 훈련을 하라고 말하지 않았다. 그래서 언제나 교실에 있었다. 대피 훈련을 마치고 다시 돌아온 아이들에게 "나 버리고 도망가니까 좋냐?", "너 ……내가 보여? 난 죽었는데?" 따위의 농담을 던졌지만, 실제로 불이 나면 어떻게 해야 할지 알 수가 없었다. 친한 친구들은 "불이 나면 널 업고 뛸게"라고 약속해주었지만, 불이 났을 때 날 구조해야 하는 책임을 친구가 져서는 안 될 일이었다. 혹 나와 함께 나오지 못했을 때 그 애가 갖게 될 죄책감도 그 애의 것은 아니었다.

　그래서 늘 "나는 버리고 나가~ 두 명 죽을 바엔 한 명 죽는 게 나아"라고 장난스레 응수했다. 그래도 알고 싶었다. 휠체어에 올라탄 몸으로 최소한이라도 나 자신을 지킬 방법을. 대피하지 못하더라도 숨어있을 수 있는 장소를. 그리고 하고 싶었다. 혹여 아이들이 다 빠져나가더라도, 다시 돌아와 가장 먼저 그 장소를 찾아보겠다는 약속을. 나는 그 무엇도 듣지 못하고 약속받지 못한 채 12년을 보냈다. 재난 상황이 일어났을 때,

차라리 죽음을 바라게 만드는 책임은 누구에게 있을까? 대피할 경로를 아예 만들어놓지 않는 것은 그저 누락일까, 아니면 살해일까?

혼자만의 질문으로 간직하기엔 물음표의 무게가 너무 무거웠다. 나는 이 경험과 문제의식을 담아 영상으로 만들었다. 영상 속 나는 화재 대피 훈련으로 불 꺼진 텅 빈 교실에 덩그러니 혼자 남겨져 있다. 이 영상이 업로드된 이후 우리 학교는 엘리베이터가 비상시에도 작동하는지 확인하는 절차를 거쳤다. 담임선생님은 내게 사과의 말씀을 전해주셨고, 나는 12년 만에 처음으로 다음 비상 대피 훈련부터 아이들과 함께 참여했다. 소방청에서는 장애인을 위한 대피 매뉴얼을 전달해주기도 했다. 나 말고도 모든 이가 '상식'에 포함되는 대피 방법을 숙지할 수 있기를.

화장실과 교실, 익숙한 장소들을 떠올리고 나면 자연스레 그 공간을 채웠던 사람들의 얼굴과 목소리가 기억난다. 당연한 일이다. '학교學校'의 '배우다'라는 글자가 비단 국어, 영어, 수학에만 적용되는 것은 아니다. 다양한 이들과 여럿이 함께하는 법을 배우는 곳이 학교다. 그런데 종종 그 '여럿'이라는 글자 안에 장애인은 없다. 흔히 학교를 작은 사회라고 부르면서도, 마치 그 사회에 장애인은 없는 존재라고 말하듯이. 어릴 때부터 장애인은 일반 학교가 아닌 다른 학교, 다른 반으로 '격리'되어야 하는 존재로 취급하는 것이다.

현미는 늘 내게 "공부를 잘해야 해. 그래야 다른 애들이 무시 못 해"라고 말하곤 했다. 그의 말에 동의할 수 없으면서도, 현미가 왜 그렇게 말하는지 알 수 있었다. 나는 다른 학생과 똑같은 한 자리를 차지하려고 더 잘해야 하는 순간이 있었으니까.

## 선생님

수많은 선생님을 거치는 동안 그들이 내게 내린 평가는 주로 두 가지로 갈렸다. 하나는 엄청난 아이, 다른 하나는 없는 아이. 엄청나면서 동시에 없는 것처럼 희미한 존재감을 가진 아이는 어떤 아이일까?

전교생 중 홀로 휠체어를 탔던 나는 어딜 가든 주목을 받았다. 그런데 심지어 나는 공부를 좀 잘했다. 휠체어 위에 앉아 있으면서 공부를 잘하는 포지션은 꽤나 영악하게 사용할 수 있는 이미지였다. 공부를 잘한다는 이유 하나로 순식간에 특별한 아이가 될 수 있었다. 전형적인 '슈퍼장애인' 역할이다. 이런 프레임이 싫었지만, 동시에 영악하게 이용하기도 했다.

예를 들어 야간자율학습 시간에 다리 통증 때문에 도저히 버틸 수 없을 때면 굳이 야자 감독 선생님이 내 자리를 지나칠 때 진통제를 먹는다거나 하는 식이다. 이런 요법은 꽤나 효과적인데, 덕분에 나는 '힘든 상황에서도 열심히 노력하는' 타이틀을 쉽게 얻어냈다. 입시를 준비할 때 담임선생님께서는 '내 교직 생활에서 너 같은 아이를 다시 만날 수는 없을 것'이라고 말씀해주시기도 했다.

누구에게 이런 찬사를 들을 수 있을까. 최고의 칭찬에 감사했지만, 동시에 죄책감을 느꼈다. 휠체어를 타지 않아도 '큰 사람'이라고 평가받을 수 있었을까? 나 같은 아이는 얼마든지, 나보다 더 훌륭한 아이도 얼마든지 있을 텐데, 이곳에 있다는 이유만으로 내가 이런 평가를 받아도 될까?

이와 반대로 '없는 아이' 취급을 받을 때도 많았다. 언제나 두 개, 혹은 그 이상의 세상에서 사는 것만 같은 삶이었다. 누군가에겐 엄청난 아이였던 동시에 누군가에게는 언제나 '안 해도 되는' 아이였다. 나는 손가락의 세밀한 움직임이 어려워 음악 시간을 늘 힘들어했는데, 한번은 리코더 수행평가가 다가왔을 때다. 새끼손가락이 닿지 않아 리코더의 '도'와 '레'는 연주할 수 없었지만 나머지 부분은 열심히 연습해서 교실 앞으로 나갔던 초등학생. 그런 나를 음악 선생님은 몸으로 막아 세우며 말했다.

"지우는 들어가. 안 해도 돼."

수행평가를 안 해도 다른 방식으로 성적을 매기겠다는 말도 없었다. 나는 그냥 '할 필요가 없는' 아이였다. 그것은 배려였을까? 아니, 배제였다. 함께하는 법을 알려주는 것이 아니라, 이곳에 네 자리는 없다는 것을 말하는.

초등학교 때 첫 수련회를 준비하면서도 비슷한 상황에 놓였다. 우리 학교는 내가 수련회에 가지 않을 것이라고 멋대로 생각했다. 나는 그때 부회장이어서 임원 수련회에 가야 하는 학생이었지만, 휠체어를 타는 학생이라는 이유에서였다. 학교의 기대(?)를 무릅쓰고 참가한 수련회는 예상대로 나를 고려하지 않은 행사였다.

수련관의 층별 이동 수단은 계단뿐이었고, 모든 활동은 잘 걷고 뛸 수 있는 아이들만 할 수 있도록 구성되었다. 현미와 태균은 수련관에 방을 하나 더 잡고 나를 따라왔다. 그때부터 한 번도 빠지지 않고 임원으로 활동했기 때문에, 난 3년 동안 임원 수련회에만 무려 다섯 번을 간 학생이 되었다. 같은 학년에서 제일 많은 기록이었다. 학생이 수련회에 가는 것처럼 당연한 일이 내게도 당연한 일이라고, 몸소 보여줘야만 변화가 찾아올 때가 많았다.

어떤 선생님은 나를 혼낸다는 이유로 내 휠체어의 손잡이를 마구잡이로 끌어서 자기의 교실로 데려가기도 했다. 드러누워 저항하는 아이를 질질 끌고 갈 수는 없었을 테지만 난 휠체어에 '실려' 이동됐기 때문에 괜찮다고 느낀 것일까? 소리를 지르면서 브레이크를 잠갔던 기억이 난다(물론 브레이크를 잠가도 밀리긴 한다). 그 와중에 반항해보겠다고 브레이크를 걸어 잠근 게 웃기긴 하지만, 무력하게 이동되었던 그 느낌은 지금 떠올려도 불쾌하다.

나는 요즈음 '구르님'과 '김지우' 사이에서 다중적 자아의 붕괴를 느끼면서 살고 있는데, 기억을 더듬다 보니 나에 대한 평가는 늘 상반된 경우가 많았다. 내가 한 개의 자아만 가지고 있는 것이 더 신기한 일이 아닌가 싶다. 늘 완벽하게 반대되는 두 특징 사이에서 발끝만을 슬쩍슬쩍 담그며 줄타기하듯 사는 것만 같다.

## 친구들

요즘도 학교에 가는 꿈을 많이 꾸는데, 그럴 때면 초등학교부터 시작해서 고등학교 때까지 만났던 친구들이 각자의 모습으로 등장한다. 좋았든 싫었든 오랜 시간을 나눈 이들이다. 내가 만나온 친구들을 떠올리면 아티스트 이반지하의 "소외당하는 것을 모를 때가 진짜 소외다"라는 말이 떠오른다. 나의 학창 시절, 특히 친구들 속의 내가 딱 그 꼴이다.

　학교에 다니는 12년 동안 내 친구들은 언제나 비장애인이었다. 다른 몸을 가졌다는 이유로 대놓고 따돌림을 당한 적은 없었지만, (오히려 나는 절대 괴롭히거나 놀리면 안 되는 성역 같은 존재였다. 이것 역시 '비장애인의 넓은 아량'이라는 점이 마음에 걸리지만) 비장애인들만의 공간에서, 그들의 몸에 맞추어진 수업과정에 따라 시설물들을 이용하며, 비장애인들의 이야기만을 들으며 살았던 것이다. 그리고 나 역시 그 모습을 '당연하다'고 여기게 되었다. 나와 같은 몸을 가진 이들과의 만남이 얼마나 큰 소속감을 주는지 알게 된 것은 많은 시간이 지난 후다.

　어쨌든 나는 (비장애인인) 못된 친구 몇 명, 그리고 좋은 친구 여러 명과 사귀고, 싸우고, 화해하며 학창 시절을 보냈다. 내 장애를 두고 못되게 구는 애들도 있었지만, 그 애들은 장애가 아니더라도 상대의 싫은 부분을 찾아내어 집요하게 괴롭힐 아이들이었다.

　처음부터 모든 아이가 자연스레 내 장애를 받아들이는 건 아니었다. 현미는 내가 초등학생 때 1년에 한 번씩은 꼭 우리 반에 간식을 돌리며 "지우와 잘 지내줘서 고맙다"라고 말했다. 장애인이 학교에 다니면 자꾸만 고마울 일이 늘어난다. 사실

하나도 고맙지 않음에도.

　그래도 아이들은 이내 자신과 다른 몸을 가진 친구와 생활하는 법을 알아갔다. 단언할 수 있는 건, 내가 만났던 사람 중 정말 착하고 친절하면서 장애인과 생활해본 적 없는 사람보다 나와 1년 함께 생활한 착하지도 나쁘지도 않은 친구가 나를 더 편하게 대해준다는 것이다. 그 이유는 교육을 받아서도 아니고, 장애인이 나오는 드라마를 시청해서도 아니고, 그저 함께 생활하는 것만으로 서로를 알아갈 수 있었기 때문이다.

　나를 처음 만났을 때 당황한 눈빛으로 모든 말씨를 조심해서 내뱉고 내가 지금 앉으려는 의자를 빼주어야 하는지 말아야 하는지 손을 계속해서 움찔대던 사람이 능숙하게 휠체어를 미는 법을 아는 사람이 되는 순간이 좋다. "휠체어 미는 것은 힘이 아니라 기술이다"라는 말을 들은 적이 있다. 나와 함께 다니던 아이들은 점점 휠체어 경력직이 되어갔다. 친한 이들은 높은 턱을 만났을 때 휠체어를 어느 방향으로 눌러야 앞바퀴가 들리는지, 경사면을 만났을 때는 어떻게 손잡이를 잡아야 휠체어가 기울어지지 않는지 알게 된다. 내 손을 어떻게 붙잡아야 넘어지지 않게 부축할 수 있는지, 어떤 방향에서 팔을 내밀어주면 되는지 알아가며 불안하지 않게 걸음을 뗀다. 서로의 몸과 몸이 익숙해져 안전함을 선사하는 순간이 좋다.

더 많은 사람이 함께 배우고 자라나는 환경을 상상한다. 그곳은 자신과 다른 이를 만났을 때 지레 겁먹지 않고, 나와 네가 어떤 방식으로 기대어 살아갈 수 있을지 고민하는 힘을 가진 사람들이 있는 곳일 것이다. 학교는 '작은 사회'라고들 말하지만, 그 속에 장애인은 없다. 분명히 존재함에도 불구하고, 사회생활을 시작하는 작은 공동체에서부터 장애인은 '정상'의 인간들과 분리된다.

작은 사회를 떠난 사람들은 자연스레 큰 사회에 진입한다. 한 번 분리된 이들은 이미 비장애인들이 점령해버린 사회에서 자꾸만 뒤늦게 '합류해야' 할 사람들이 된다. 합류하려고 자신의 몸을 바꾸고, 사는 방식을 바꾸기를 강요받는다. '합류해야' 하는 사회가 될 때, '함께' 살아가는 것은 개인의 책임이 된다. 삶의 과정에서 너무도 당연하게 존재하는 이들이 그 모습 그대로 존재하면 좋겠다.

# 단단하고 얄팍한 우정

"본 교관은 여러분이 하는 일에 따라 천사가 될 수도, 악마가 될 수도 있습니다."

이 멘트는 과거 회상용 유머의 소재가 된 지 오래지만 어린 시절의 나는 수련회에서 저 말을 종종 들었다. 어차피 사흘 뒤면 우리 학교는 교관이 만나본 학교 중 최고의 학교가 될 테지만, 어쨌든 지금은 최악의 학교이므로 눈을 깔고 손을 모으고 있어야 했다. 스멀스멀 올라가는 입꼬리를 억지로 내리며 다른 생각을 하려고 노력하다가 그의 틀에 박힌 멘트에서 누군가를 떠올렸다. 나는 성격이 아주 더러우면서도 동시에 천사라고 불리는 사람을 몇 명 안다.

나의 몇 없는 친구 중 하나인 주영은 그즈음 학교에서 모범상을 받았다. 주영은 봉사활동을 많이 하지도, 그렇다고 특별히 선행을 많이 한 것 같지도 않았다. 하지만 걔는 나와 함께 다닌다는 이유 하나로 모범상을 2년 연속 수상했다. 나는 애가 한 못된 짓들을 알고 있어서, 상을 받을 때 뒤에서 킥킥 웃었다. 학교를 놀리는 기분이 들었기 때문이다. 당신들이 모범적이라고 상까지 주는 애는 사실 불량하고 방탕한 일을 저지르고 있다고요! 내 친구들은 나 '덕분에' 곧잘 모범적이고 착한애가 되었다. 한번은 혼자 학교를 배회하고 있는데, 어떤 선생님이 내게 말을 걸었다.

"야, 너 도우미는?"

학교생활을 하며 난 한 번도 도우미로 불리는 누군가를 옆에 둔 적이 없었다. '도우미'로 명명된 그 친구 역시 자신이 도우미라고 생각해본 적은 없었을 것이다. 아니, 애초에 이 애들은 나한테 도움을 주기는커녕 골려주기에만 혈안이 되어 있었다. 내 휠체어를 탈취하는 것은 물론이거니와 그걸 타고 발로 휠체어를 굴리며 무서운 기세로 날 쫓아오기도 했다. 그런 놈들이 도우미라니, 영문을 모르는 질문이었지만 왠지 설명하기 귀찮아서 "교실에 있어요"라고 답하고 말았다.

그렇게 악마도 되고 천사도 됐던 친구들은 내 옆에 항상 있었다. 모범상을 받고 참 착하다는 소리를 줄곧 듣는 애들을 보며, 나는 화를 내기도 하고 어떨 때는 적극적으로 동조하기도 했다. 그래, 너네한테 이득이 된다면 그냥 나 팔아. 생기부에도 써! 자소서에도 써! 그런 게 먹히는 사람들이면 그냥 써

먹어. 하지만 나를 팔아 입시에 써먹는 친구는 아무도 없었다.
(왜지? 꽤 좋은 카드일 텐데?)

이렇게 나는 곧잘 친구들에게 '도움'을 주는 사람이었다. 존재하는 것만으로 도움이 되는 사람이라니, 이렇게 좋은 친구가 있을까? 하지만 내 친구들도 분명히 가끔씩은 내게 도움을 주곤 했다. 인정하기 싫지만 그런 때도 있긴 했다. 내게 와닿는 무례한 시선에 제대로 화내기 시작하게 만든 것이 그중 하나다.

중학생이 되었을 즈음부터 내 몸에 와닿는 시선을 방관할 수 없었다. 더는 모르는 체 무시하지 않겠다고 결심했으나 그것이 곧바로 맞서 싸울 수 있다는 말은 아니었다. 모르는 척하지 않겠다는 마음은 꾸물꾸물 불쾌감과 화로 바뀌었다. 한 번이라도 덜, 나를 지나친 이가 다시 나를 돌아보지 않아야 했으므로 내 모든 행위는 매끄럽고 우아해야 했다. 남들 앞에 서는 것이 꺼려지기 시작했다. 밖에 나서는 것도 괴로웠다. 내게 쏠리는 시선에 대한 책임이 나의 몸과 내 주변인에게 있는 것으로 착각하곤 했다.

원치 않는 시선에 제대로 항의하기 시작한 건 언제였을까? 나는 주영의 호통을 들었을 때 그 방향성을 알 것만 같았다. 그 호통은 여느 때와 같이 함께 길을 가던 중, 너무나도 뜬금없는 타이밍에 튀어나왔다.

"야, 뭘 봐!"

소리를 친 것은 주영이었다. 나는 너무나 당황해서 주영을 바라보았다. 주영은 나를 오랫동안 응시하던 사람에게 정확히 시선을 두고 화를 내고 있었다. 붐비는 곳이었고 서로를 지나치는 상황이었기에, 날 쳐다보던 이는 이내 시선을 피하고 갈 길을 갔다. 아무 일도 일어나지 않았지만, 어떤 균열을 느꼈다. 화를 내도 된다는 것, 불쾌한 시선의 원인은 내 몸에 있지 않고 허락 없이 쳐다보는 저 사람에게 있다는 것이 마음에 단단히 새겨지는 기분이었다. 야 뭐해, 싸움 나면 어떡해. 그 애를 말리는 척했지만 그 호통에 누구보다 신난 사람은 나였다.

누구보다 착하다고 여겨지는 내 친구들은 사실 누구보다 많이 성질내고 화내고 시비를 거는 사람들이다. 이후, 나와 친구들은 조금 더 대담해져서 원치 않는 시선에 곧잘 항의하기 시작했다. 조용히 부축을 받아 걸어 들어가던 독서실에서도, 민지는 내 걸음에 눈을 떼지 못하는 미어캣 같은 이들에게 "뭘 봐!"라고 읊조렸다. 그 소리에 더 많은 사람이 고개를 들었지만 말이다. 주영은 나를 지나쳐갔음에도 계속 뒤를 돌아보며 나를 구경하는 것을 멈추지 못하는 이를 빠른 걸음으로 쫓아간 적도 있다. 그 사람은 이내 도망치듯 사라졌다. 우리는 그렇게 적당히 항의하고 적당히 눈치를 주는 식으로 시선을 견뎌내는 방법을 찾았다. 나는 그즈음부터 밖에 나가는 것을 두려워하지 않게 되었다. 어릴 때부터 드릉드릉 가지고 있었던 파이터 기질을 마음껏 발휘할 수 있는 곳이 길거리였기 때문이다.

타인의 시선에서 자유로운 사람이 얼마나 될까. 나와 친구들은 원치 않는 시선이 신체에 와닿을 때의 불쾌감을 이해한다. 내 옆에 서 있는 저 사람의 눈이 어디로 가 있는지 곁눈질로 파악하는 방법을 안다. 불안함을 느끼면서도, 내 오해가 아닌지 두 번 세 번 물어봐야 하는 확인의 순간을 기억한다.

나와 친구들이 똑같은 경험을 하며 살아간다고 말할 수는 없지만, 우리는 분명 같은 감각을 공유한다. 서로를 면밀히 살피고 나의 경험에서 상대의 감정을 읽을 줄 아는 이들은 말하지 않아도 익숙하게 행동한다. 짧은 바지를 입어 드러난 나의 다리에서 무슨 연유에선지 시선을 떼지 못하는 사람이 있을 때 주영은 그 사람과 나의 사이를 비집고 들어오고, 민지 앞에 카메라가 켜져 있는 채로 휴대전화를 들고 있는 사람을 볼 때 내가 그 사람 사이로 들어가 휠체어 바퀴로 렌즈를 가리는 식이다. 우리는 완전히 같은 인간이 될 수 없지만, 서로에게 깊이 공감할 수는 있다.

우리는 너무나 다르고 늘 오해하지만 그래서 더 친하다. 친한 친구와의 관계를 되돌아보면 언제부터 친해졌는지 알 수 없는 경우가 많듯이, 나와 내 친구들의 관계도 보통 그렇다. 매일 연락하고 허구한 날 우리 집에 모여 잠을 청하면서도 왜 우리가 붙어있는지 알 수 없을 때가 많다. 장애인과 친구가 됨에 그냥 하나의 인간관계를 더하는 것 이상으로 '신기하고 신비롭고 감동적인' 서사가 따라붙을 때가 많다. 장애인과의 우정은 (주로 '장애이해교육'에서 종종 등장하는) 갈등과 오해를 뛰어넘은 단단한 관계로 묘사되곤 한다. 하지만 인생이 늘 그렇게 극적인 건 아니다.

　　나는 정신 차려 보니 이 애들과 친구가 되었다. 그 과정에서 실수도 오해도 싸움도 많이 했다. 지금 가장 친한 친구 중 한 명은 나를 처음 보자마자 "근데 어쩌다가 장애인이 된 거야?"라고 묻기도 했다. 나는 얘가 진짜 재수 없는 애라고 생각했지만 어쩌다 보니 지금까지 가장 친한 친구로 남았다. 나와 민지는 서로 안 볼 정도로 싸우고 다신 보지 말자고 악담을 퍼부었으나 2년 뒤 우연히 재회해 지금은 하루에 한 번 통화하고 함께 일하는 사이가 되었다. 하지만 이러다가 또 이 애들과 절교할 수도 있다. 이 애들이 내게 못되게 굴 수도 있고 내가 이 애들한테 싸가지 없게 굴어서 쫓겨날 수도 있다. 그래도 어쨌든 우리는 지금 친구다. 장애인의 우정은 보통 우정처럼 때때로 얄팍하고 때때로 진하다.

# 보조기기 연대기

장애를 가진 사람들은 생활 속에서 여러 보조기기와 함께 하곤 한다. 나를 거친 보조기기도 꽤나 많은데, 이를테면 워커, 지팡이, 보조기, 휠체어 등이다. 그 이름이 생소한 이들을 위해 각자의 쓰임새와 생김새를 잠깐 설명해보겠다. 워커는 보통 외국 영화의 할머니를 떠올리면 함께 그려지는 물건인데, 의자 다리처럼 생긴 철제 프레임으로 서 있거나 걸을 때 짚어 안전하게 이동할 수 있게 하는 기기다. 앞부분에 바퀴가 달린 것도 있고 바퀴가 없는 것도 있어서, 본인의 신체 상황에 따라 달리 사용한다.

한때는 휠체어 없이 걸으면서 생활하려고 워커 사용을 연습한 적도 있었다. 내겐 바퀴 없는 워커는 직접 들어 이동해야 해서 허리가 아팠고, 바퀴가 있는 워커는 멈출 수 없는 직진본능에 속도 조절이 되지 않았다. 휠체어가 있는데 딱히 왜 걸어야 하는지도 알 수 없어서 워커는 쓰지 않게 되었다. 아직도 우리 집 베란다에는 파란색 철제 프레임 워커가 처박혀있는데, 조만간 당근이라도 해야겠다.

'휠체어를 떼고' 걸으려고 시도한 건 워커뿐이 아니었다. 한 치료 센터에서는 내게 지팡이를 짚고 걷기를 권유했다. 하지만 단단한 워커로도 걷는 게 어려웠는데, 지팡이를 짚고 걸을 수 있을 리 만무했다. 오히려 지팡이는 자꾸만 내 보행을 방해해서 몇 걸음 걷다가도 모든 속박을 벗어던지듯이 지팡이를 던져버리고 내 멋대로 걷기 바빴다.

실패한 보조기기가 있다면 꽤 오랜 시간 사용한 보조기기도 있다. 지금은 사용하지 않지만, 보조기가 그중 하나다. 이름부터 보조기기의 향기를 물씬 풍기는 이 물건은 신체에 직접 착용해서 몸의 변형이나 부상을 막거나, 혼자서는 버틸 수 없는 하중을 지지할 수 있게 할 때 쓰인다. 나는 발부터 무릎 밑까지 오는 보조기를 신었는데, 이 보조기는 각자의 몸에 딱 맞도록 석고로 본뜨는 과정을 거쳐 만들어진다.

나는 보조기를 만드는 느낌을 좋아했다. 자주 다니던 대학병원의 구석에 보조기 만드는 공간이 있었다. 그곳은 늘 석고 가루가 날렸고, 들어갈 수 없는 옆방을 내다보면 투박한 기계들이 돌아가며 사람의 다리 같은 뭔가를 다듬고 있었다. 조금 기다리다 보면 보조기를 제작하시는 분이 석고붕대와 물이 담긴 대야를 가지고 나온다. 대야에 발을 담그고, 물에 적셔 풀어진 석고붕대로 다리를 매끈하게 감으면, 점점 굳어져 이내 딱딱하게 된다. 나는 다리에 감긴 붕대를 쭉쭉 쓸어내리는 느낌을 퍽 좋아했다.

석고가 다 굳으면, 커터 칼을 꺼내 석고를 가르고 다리를 꺼낸다. 칼날이 슬쩍슬쩍 피부에 와 닿을 것처럼 가깝게 느껴질 때는 온몸에 소름이 쫙 돋았다. 석고를 가르고 나면 이제 보조기의 무늬를 골라야 하는데, 벽으로 눈을 돌리면 여러 보조기 샘플이 전시되어 있었다. 그냥 민무늬인 것부터 피부와 색이 똑같은 보조기도 있고, 어린이를 겨냥한 곰돌이나 나비 무늬도 있었다.

다섯 살의 나는 그중에서도 밀리터리 무늬 보조기를 꼭 하고 싶었다. 너무 하고 싶었기 때문에 번호까지 기억한다. 5번 샘플! 그런데 보조기를 만들어주는 분이 너는 여자아이이니까 7~9번 즈음의 보조기를 골라야 한다고 말했다. 그쪽으로 눈을 돌리니 핑크색 무늬로 점철된 보조기들이 있었다. 이렇게 부당할 수가. 몇 번 더 말해봤지만, 결국 의견 개진에 실패하고 핑크색 하트 나비가 그려진 보조기를 차게 되었다. 나는 그때부터 핑크가 싫었다.

보조기는 걸을 때 더 힘을 주어 걸을 수 있도록 돕기 때문에 어릴 때는 항상 보조기를 차고 있었다. 그런데 사춘기가 오면서부터는 더는 보조기를 신고 싶지 않았다. 휠체어를 타는 것만으로도 사람들의 시선을 받기 충분한데, 다리에까지 뭔가 붙어있으니 사람들은 늘 내 다리를 한 번, 휠체어를 한 번 쳐다봤다. 보조기를 차면 실내화를 신을 수가 없어서 보조기 전용 신발도 사야 했는데, 그건 보통 투박하고 예쁘지 않은 것도 하나의 이유였다. 또 보조기를 찬 채 바지를 입으면 다리 부분이 울퉁불퉁해지는 것도 싫었다. 휠체어가 아닌 의자에 앉아있을 때도 보조기를 신으면 '장애인인 게 티 나서' 싫었던 것 같기도 하다. 점점 보조기를 차지 않고 다니게 되었다.

한동안은 보조기를 잊고 살았다. 몇 년이 지난 후 치료 센터에서 보조기를 한 아이를 봤는데, 그 애의 보조기는 무려 레오파드 무늬였다. '와, 진짜 멋지다. 다시 보조기 하고 싶다' 하고 잠시 생각했다. 실제로 보조기를 다시 맞춰볼까 하는 생각도 했지만, 조금 더 커서 알아본 보조기는 가격도 너무 비쌌고 제작 시간도 오래 걸렸다. 점점 더 발목이 굳고 다리에 힘이 빠지고 있어서 보조기에 의존하는 것이 더 나쁠 수도 있다는 치료사 선생님의 조언도 망설임에 한몫했다. 커서까지 보조기를 신었더라면 꽤나 멋진 액세서리로 활용할 수 있었을 텐데, 보조기를 싫어하던 어릴 적의 나를 떠올렸다.

내가 정말 싫어한 건 보조기였을까, 아니면 그걸 이상하다는 듯 바라보는 사람들이었을까? 다시 보조기를 찰 일은 아마 없을 것이다. 하지만 가끔 석고붕대가 다리에 감기는 감각은 좀 그립다. 세상에 하나뿐인 커스텀 액세서리라고 생각했으면 보조기를 조금 더 좋아할 수 있었을까? 다시 보조기를 맞추게 되면, 그땐 꼭 밀리터리 무늬로 해야지.

워커, 지팡이, 보조기를 모두 각자의 이유로 벗어던지고 지금 내게 남은 건 휠체어뿐이다. 처음 휠체어를 탔던 건 여덟 살 때다. 그전까지는 아기 때부터 탔던 빨간 유아차에 앉아서 밖을 돌아다녔다. 일곱 살이 넘어서까지 그 빨간 유아차에 몸을 싣고 다니다 보면 "다 큰 아이가 왜 유모차를 타냐"는 소리를 곧잘 듣곤 했다. "이제 걸어 다녀야지"라는 핀잔 섞인 말도 들은 적이 있다.

스스로 걷지 않는 아이를 마주했을 때, 이 아이에게 장애가 있을 수도 있다는 상상력을 가진 이는 거의 없었다. 섬세하지 못한 말과 오지랖 속에 장애아동의 존재는 사라지고, 단지 그것을 해명해야 한다는 책임감과 상처만이 남을 뿐이다. 현비와 태균은 무어라고 대답했을까? 웃어넘길 때도 있었던 것 같고, "아이가 아직 못 걸어서요"라고 대답하거나 "아이가 장애가 있어서요"라고 명확히 말하는 때도 있었던 것 같다. 물론 "드럽게 오지랖이야"라고 투덜거릴 때도 있었다.

어린이집에서도 유치원에서도 나는 혼자 유아차를 탔다. 뛰어다니는 친구들 사이에서 네발로 기면서 생활했고, 현장 체험학습을 갈 때면 유아차에 타서 길을 떠났다. 그러다 초등학교에 들어가면서 휠체어를 타기 시작했다. 초등학교에 들어갈 때까지 유아차를 타는 건 어쩐지 부끄러웠기 때문이다. 나는 그냥 좀 민망해져서 휠체어를 타기 시작했다. 몸에 꼭 맞는 휠체어를 타야 자세도 삐뚤어지지 않고, 훨씬 편히 생활할 수 있다는 것을 안 건 몇 년 되지 않았다.

첫 휠체어는 미키 사의 휠체어였다. 병원에서 제일 많이 보이는 바로 그 휠체어. 지금은 어린이 몸에 잘 맞는 휠체어가 많이 생겼지만 내가 어릴 때는 그렇지 않았다. 아이들 대부분이 비슷한 미키 휠체어를 탔다. 내가 고른 것은 아니었지만, 주로 어린이가 타는 작은 휠체어는 귀엽긴 했다. 은색 철제 프레임, 등받이와 방석은 하늘색 바탕에 연보라색과 핑크색 체크무늬로 이루어진 예쁜 휠체어였다.

휠체어를 고를 때 디자인이 중요하다고 외친 것은 얼마 되지 않은 것 같았는데, 생각해보니 그때부터 이미 디자인은 내 선택에 큰 비중을 차지하는 요소였다. 사실 당연한 일이다. 사람들이 '내 것'이라고 애착을 가지는 물건이라면 디자인은 중요한 선택 기준 중 하나니까. "예쁜 필통 살래"가 당연한 말이라면, "예쁜 휠체어 살래" 역시 철없는 이야기가 아니다.

난 6년 동안 같은 휠체어를 탔다. 몸이 자랄 때마다 그에 맞추어 휠체어를 바꿔야 한다는 건 아무도 알려주지 않아서 모른 채로 그리 있었다. 다행인지 불행인지 키가 많이 자라지 않아서 크게 불편함을 느끼지 않고 생활했다. 휠체어는 튼튼하게 잘 버텨주었다. 복도를 지나가던 중 몸싸움을 하며 장난치던 남자애들이 덮쳐서 브레이크가 살짝 휘어지긴 했지만, 내 휠체어보다 걔의 옆구리 내상이 더 심한 것 같아서 1년 정도 놀려주고 말았다.

중학생이 되어서야 새로운 휠체어를 맞추기로 했다. 몸이 자랐기 때문이기도 하지만 그것보다는 하늘색에 핑크색 체크무늬 휠체어가 이제 너무 어려 보였기 때문이다. 초등학생 때부터 타던 거여서 거기에 앉으면 안 그래도 왜소한 몸이 더 작아 보이기도 했다. 그때 산 휠체어가 빨간 오토복 휠체어다. 무려 색상 선택 옵션도 있는 휠체어였다. 심지어 그건 독일제였다. 뭐가 좋은지는 잘 모르겠지만 독일제라는 말이 약간 내 허세를 자극했던 기억이 난다. 다음 날 학교에 갔을 때, 아이들의 반응은 폭발적이었다.

"우와, 야, 이거 진짜 비싸 보인다."

"얼마야? 100만 원? 200만 원?"

사실 현미가 사준 거라 가격은 잘 몰랐지만, 나는 "독일제야" 따위의 말만 붙이고 천정부지로 아이들의 입속에서 널뛰는 금액에 대해서는 함구했다. 자랑스러운 내 휠체어! 기억에 남아있는 한 내가 고른 첫 번째 휠체어였다. 아동용 휠체어와 달리 바퀴가 손에 닿을 만큼 가까이 있어서 스스로 밀고 다니는 것도 조금 연습했지만, 팔 힘이 없는 나로서는 역시 이 휠체어로 일상생활을 하기엔 어려웠다. 나중에서야 누군가가 밀어주도록 설계된 일반형 휠체어와 직접 미는 활동형 휠체어가 다르다는 걸 알았다. 휠체어를 평생 탔음에도 휠체어에 대해 많은 것을 알지는 못했던 것이다. 정보는 너무나 부족했다.

그래서 학교에는 늘 내 휠체어를 밀어주시는 보조 선생님이 계셨다. 학기 초반에는 선생님이 아이들에게 휠체어를 전혀 밀지 못하게 하셔서 갈등도 있었지만(휠체어 밀면서 친해지기 비기를 못 쓰다니!) 이내 서로에게 맞춰가며 학기 생활을 잘 해낼 수 있었다. 걱정이 시작된 것은 고등학교에 진학하면서부터였다. 교육청에서 보조 선생님 배정을 지원하는 공립학교와 다르게 사립학교에 보조 선생님이 배정될 확률은 극히 희박했다.

내가 진학하기로 마음먹은 학교는 심지어 교과교실제를 채택하고 있었다. 교과교실제란 선생님이 반으로 와서 수업하는 게 아니라 학생들이 직접 해당 과목의 교실로 이동하는 방식을 말한다. 휠체어를 탄 내게는 달갑지 않은 방식이었다.

중학교 때도 교과교실제인 학교에 다녔는데, 보조 선생님이 있었음에도 매시간 엘리베이터를 타고 오르내리는 것은 여간 어려운 일이 아니었다. 짐을 챙겨 교실을 나서고, 엘리베이터를 타고 내 사물함이 있는 층으로 갔다가, 다시 다음 시간 짐을 챙겨 해당 층으로 가야 했다. 10분이 빠듯했다. 중간에 엘리베이터를 한 번 놓치면 화장실에 갈 틈 따윈 없었다. 보조 선생님이 계셨어도 그리 힘들었는데, 심지어 보조 선생님도 없는 교과교실제 고등학교에서 생활할 엄두가 나지 않았다. 그때 운좋게도 '토도웍스'라는 회사가 문을 열었다. 수동 휠체어 바퀴에 전동 모터를 부착함으로써 간단한 컨트롤러 조작만으로 휠체어를 움직일 수 있게 하는 장치를 개발한 회사다.

사실 그전까지는 휠체어를 바꿔도 변화의 차이를 즉각적으로 느끼지는 못했다. 단지 이동을 편하게 해주는 수단 정도로만 생각하고 있었는데, 이 전동 키트를 단 순간부터 모든 것이 달라 보이기 시작했다. 내가 원하는 방향대로 몸을 움직일 수 있다는 것이 이런 느낌이라니! 그 전동 키트는 단지 물리적인 이동만 보조해주는 것이 아니었다. 줄곧 휠체어에 앉아 나를 밀어주는 이의 시야대로만 세상을 보다가, 원하는 곳으로 직접 눈을 돌릴 수 있다는 것. 그건 물리적인 움직임을 넘어 마음가짐과 태도를 바꾸는 일이었다. 나는 갑자기 엄청나게 많은 일을 더 해낼 수 있는 사람이 되었다.

그리고 실제로 많은 일을 해냈다. 예를 들면 몰래 야자실을 빠져나와 집에 가버린다든가, 석식 시간에 밖으로 나가서 떡볶이를 먹는다든가……. (이렇게 써보니 휠체어의 전동화는 탈선의 지름길인가?) 평범한 학창 시절의 추억 같지만, 장애학생에게는 작은 일탈도 주어지지 않을 때가 많다. 자발적으로 하나하나 저지르는 이 일이 너무 짜릿해서 흥분을 가라앉힐 수가 없었다.

휠체어가 점점 익숙해질 즈음 처음으로 혼자 지하철도 타보았다. 앞바퀴가 작은 수동 휠체어라 지하철역에서는 전동차와 승강장 사이 간격을 넘지 못해 뒤로 운전해 올라야 했고, 그 순간마다 휠체어 바퀴가 틈새에 낀 채 문이 닫히고 지하철이 출발해버릴지도 모른다는 공포에 몸서리쳤지만, 그럼에도 혼자 지하철을 타면 모험을 떠나는 기분이라 늘 즐거웠다. 해보는 일이 점점 더 늘어났고, 하고 싶은 것도 더 많아졌다.

성인이 되고 나서는 여러 대의 휠체어가 생겼다. 토도웍스에서는 내게 새로 개발된 신제품의 테스트를 부탁하기도 했고, 휠체어를 협찬해주거나 홍보를 부탁하는 이들도 생겼다.

'선택'할 수 있는 휠체어가 생겨난 것이다. 그 생김새와 색이 모두 달라서, '오늘은 어떤 휠체어를 타볼까?'라는 생각이 들기 시작했다. 휠체어마다 갈 수 있는 거리, 속도, 승차감이 모두 달라서 그 쓰임에 따라 고르기도 했지만, 오늘 입는 옷에 맞춰 휠체어를 고르기도 했다. '오늘 옷은 정장이니 검고 두툼한 걸 타자. 오늘은 조금 산뜻하게 입었으니 파스텔 톤에 슬림한 휠체어를 타보자'처럼.

'휠체어도 '패션'처럼 기능할 수 있구나'라는 생각이 든 때는 그즈음이었다. 한번은 화보 촬영을 앞두고 있었다. 화보의 의상과 메이크업 콘셉트를 전달받았을 때 문득 '휠체어는 뭘 타고 가야 하지?' 하는 생각이 들었다. 곧바로 에디터님에게 카톡을 보냈다.

'제가 레드, 블랙, 블루 세 가지 색 휠체어가 있는데요. 어느 휠체어를 타고 갈까요?'

사실 그냥 색만 듣고 휠체어를 골라주시겠거니, 혹은 그것도 아니면 '구르님 편한 걸로 타고 오세요'라는 대답이 올 거라고 생각했다. 그런데 이런 대답이 도착했다.

'사진 보내주시겠어요?'

에디터님은 사진으로 휠체어의 모양새를 직접 확인하고, 세부적인 것까지 보고 나서야 파란 휠체어를 타면 좋겠다고 제안해주셨다. 휠체어가 하나의 콘셉트 안에 녹아드는 순간이었다. 그때부터 나는 더 적극적으로 휠체어를 패션 영역으로 끌어들여 이런저런 시도를 해보았다. 화보 촬영할 기회가 있을 때마다 담당자와 함께 타고 갈 휠체어를 상의하는 것은 기본이고, 휠체어 색에 맞추어 옷을 갈아입는 콘텐츠를 제작하기도 했다. 그것의 결정체가 '이달의 휠체어'다.

'이달의 휠체어'는 각 월마다 콘셉트를 정해서 휠체어와 모델을 꾸미고 화보를 남기는 프로젝트다. 원고를 쓰고 있는 지금은 여덟 번의 촬영을 완료했다. 앞으로 1년은 채우는 장기 프로젝트로 만들고 싶다. 나는 영상 속에서 한복을 입거나 힙합 옷을 입거나 교복을 입거나 산타 분장을 하고 휠체어에 올랐다. 휠체어는 가마도 되고 오토바이도 되고 썰매도 됐다. 휠체어를 다르게 바라보고 싶었다.

콘텐츠를 진행하면서 고민이 없었던 것은 아니다. 긍정적인 피드백이 많았지만 우려의 목소리도 가끔 있었다. '안전하고 깔끔한' 휠체어를 만들어야 한다는 댓글이 그러하다. 나 역시 공감하는 부분이다. 영상에 등장하는 휠체어들은 실생활용이라기보다는 어디까지나 연출된 이미지를 담고 있다. '휠꾸' 역시 할 수 있는 사람이 한정된다는 것을 알고 있다. 가드는 상용화되어있지 않아 비싸고, 나만큼 다양한 휠체어를 가진 사람이 많지도 않다. 결국 '꾸밈'에 귀속되어 있어, 내가 사회적 여성성을 수행하는 것은 아닌가 하는 고민이 들기도 한다.

그럼에도 불구하고 가드에 직접 펜을 대고 내 이름을 쓸 때, 휠체어 색과 비슷한 옷을 입을 때, 좋아하는 그림을 바퀴에 달 때 '내 것'의 감각이 얼마나 짜릿한지를 알게 되었다. 이제까지 매일 함께 살아가면서도 조금은 데면데면했던 물건이 내가 표현할 수 있는 '나의 영역'으로 들어올 때, 내가 휠체어를 타고 있는 모습도, 나의 장애도 조금씩 더 좋아하게 됨을 느낀다.

이 감각이 단지 콘텐츠를 제작하는 나뿐만이 아니라, 휠체어와 함께 살아가는 많은 사람에게 전해지길 바란다. 그래서 더 많은 사람을 모델로 초대해 프로젝트를 진행할 계획을 세우고 있다. 부족함이 많기도 하고, 어떤 면은 정말 구리기도 하지만 일단 다양한 장애인의 모습이 더 많이 세상에 비치길 바란다. 실패도 하고 사과도 하면서, 더 다양한 말과 모습이 우리 앞에 등장하면 좋겠다. 또 다른 모양의 휠체어를 상상한다. 앞으로 무엇을 더 만들어낼 수 있을까? 휠체어와 함께하는 삶은 매일매일 발견의 연속이다.

# 진통제와 입시

학교에 대한 글을 쓰다 보면 가장 최근에 졸업한 고등학교 때 일이 오히려 잘 기억나지 않는다. 사랑도 많이 받았지만 그만큼 상처도 많이 받았던 시간이기 때문이다. 먼저 기억나는 것은 공부-잠-공부-잠의 일과뿐이고, 사랑하는 친구들이 경쟁자가 되어 쉽게 미워했던 부끄러운 마음이 떠올라 기억 저편으로 밀어둔 것일 수도 있겠다.

앞서 말했듯이 운이 좋게도 내가 입학하기 1년 전 우리 집 근처로 이전해온 고등학교는 새로 지어진 학교답게 시설만큼은 최고라고 불렸다. 이곳은 천주교 재단에서 운영하는 미션 스쿨이었다. '장애가 있는 아이들도 주님의 아이이니 포용해야 한다'는 듯한, 미묘하게 시혜적 분위기가 있었지만 사실 의도를 잴 때가 아니었다. 그곳이 아니면 갈 학교가 없었다. 처음으로 '이용할 수 있는 장애인 화장실'이 건물에 있는 학교였다.

열일곱 살의 나는 점점 굳어가는 몸에 불안함을 느끼는

청소년이었다. 내 몸은 마치 집 같아서 매일매일 쓸고 닦아도 티가 나지 않지만, 하루만 청소하지 않아도 엉망이 되는 그런 몸이었다.

재활치료를 받고 싶었지만 나를 받아주는 치료 센터는 주변에 없었다. 청소년 치료실은 집에서 한 시간 거리에 있었는데, 학교를 마치고 나면 갈 수 없는 시간이 되었다. 초등학교 6학년 때 나를 차갑게 바라보며 "공부나 치료 중에 하나만 해. 두 마리 토끼를 다 잡으려고 하는 건 욕심이야"라고 말하던 의사 선생님이 떠올랐다. 나는 그때 겨우 울음을 참으며 꼭 두 가지 다 해서 성공하고 말 거라고 다짐했다.

고등학생이 된 나는 야자도 해야 했고 방과 후 수업도 들어야 했다. 결국 학교를 택하고 진통제를 집어 들었다. 그 의사의 말은 현실적인 것이었을까? 아니면, 공부를 하면서 몸을 건강하게 유지하고 싶은 마음을 '욕심'으로 만들어버리는 사회환경 탓일까? 가까운 곳에 치료 센터가 있어 일주일에 한 번씩이라도 치료를 받을 수 있었다면, 나는 점점 굳어가는 다리를 보고만 있지 않아도 되지 않았을까? 치료를 우선적으로 선택해야만 했던 다른 아이들도 학교에 다닐 수 있지 않았을까?

그런 환경이 제공되지 않는 나라였기에 나는 학교를 택했다. 입시를 최우선으로 생각한 건 아니었지만 지고는 못 사는 성격 탓에 공부도 열심히 했다. 다른 친구들만큼 오래 앉아있을 수 없고, 야자가 끝나는 10시가 되면 이틀에 한 번꼴로 발목과 무릎이 떨어져 나갈 것처럼 아팠지만 다리를 핑계로 야자를 째기도 하고 진통제를 먹고 버티면서 공부를 했다.

아픈 다리는 참 좋은 핑계였다. 고백한다. 사실 안 아플 때도 울상을 지으며 다리가 아프다고 야자를 쨌 적이 왕왕 있다. 우리 담임선생님은 야자를 잘 빼주지 않기로 유명했지만, 자신이 경험해보지 못한 장애가 있는 아이에겐 조금 쩔쩔매는 경향이 있었다. 쌤, 죄송해요. 사실 구라도 많이 쳤어요. 나는 장애인에 대한 '착한 아이 프레임'을 꽤 영악하게 써먹는 아이였다. 차별받는데 솔직히 이 정도는 이용해도 되는 거 아니냐. 암.

그렇게 그럭저럭 학교를 다녔다. 다정한 선생님을 만나 사랑받기도 하고, 때로는 납득할 수 없는 이야기를 듣고 씩씩거리기도 했다. 좋은 기억이 두루뭉술하게 감싸고 있는 학교지만, 도무지 사랑할 수 없는 환경이기도 했다. 대학이라는 하나의 목표만 바라보(도록 시키)고, 줄 세워 성적을 내는 학교. 친구가 곧바로 경쟁자가 되는 환경은 때때로 공포스러울 지경이었다. 나는 그 환경이 문제라는 걸 눈치채면서도 어느 정도 순응하는 학생이었기 때문에 더 괴로운 순간이 있었다. '바오로방'이라는 곳이 내겐 그랬다.

우리 학교에는 바오로방이라고 불리는 야자실이 있었다. 전교에서 15등 안에 들어야만 그 방에 들어갈 수 있었다. '일반' 야자실과 다르게 그 방에는 천장까지 닿을 만한, 커다란 서랍이 달린 책상과 푹신한 의자가 있었다. 나는 3년 내내 그 방에 있었다. 그 방에 있다는 것 자체로 괴로울 때가 많았다. 바오로방에는 그 방에 들어오는 걸 자부심으로 여기는 아이들과 방뿐만 아니라 특별 수업도 제공해야 한다며, 아무런 혜택을 주지 않으면 이건 역차별과 다를 게 뭐냐고 주장하는 아이들이 있었다.

물론 나도 그중 하나였다. 경쟁을 부추기는 바오로방을 없애야 한다고 말하면서도 시험을 망쳐서 이 방에서 짐을 빼야 할까 봐 무서워하는 학생. 내 옆자리 친구가 꾸벅꾸벅 졸다가 엎드려 잠이 들었을 때 애를 깨울까 말까 고민하다 결국 깨우지 않는 애가 나였다. 나 하나의 움직임으로 학교가 바뀌지 않을 것이라는 무력감과 교사에게 밉보여서 생기부에 안 좋은 이야기가 적히면 어쩌지 하는 공포를 느꼈다. 명확한 위계가 작동하는 곳이었다. 야자가 끝나면 홀쩍이며 '내일은 꼭 바오로방을 나오겠다고 해야지' 하고 결심하다가도, 생활기록부에 바오로방에 있었다는 문장 하나가 더 들어가면 대학 진학에 도움이 된다는 말을 듣고 교무실로 가던 발을 멈춘 애가 나였다. 특정한 이들에게만 유리한 기준으로 아이들을 평가해놓고 그것이 공정하다고, 결과가 다르면 대우도 달라야 한다고 가르치는 환경 속에서 적극적으로 항의하지 못하는 나 스스로가 지독하게 싫었다.

나는 그렇게 나를 미워만 하다가 결국 마지막까지 바오로방에 남아 공부하는 애가 되어 대학입시를 준비했다. 수시 점수도 정시 점수도 나쁘지 않아서, 마지막 수까지 생각하며 고3을 보냈다. 입시를 준비하며 불안한 순간이 많았다. 수시도 정시도, 일반전형도 장애인 특별전형도 모두 고려하며 입시를 치렀던 터라 더욱 그랬다. 학교 선생님들의 도움도, 많은 입시 컨설팅도 있었지만 장애학생의 상황을 이해하고 있는 상담처는 드물었다. 정보를 모으기 위해 인터넷 이곳저곳을 뒤지고, 대학에 입학한 다른 장애학생들에게 하나하나 연락을 돌리면서 입시 제도 역시 비장애인 아이들을 위한 것이라는 생각을 했다.

그중 한 가지는 예체능 점수였다. 장애학생의 예체능 점수는 교사의 재량에 맡겨질 때가 많았다. 나는 손 기능 때문에 세밀한 조작이 필요한 악기를 연주할 수 없었고, 미술 과제도 시간 내에 완성하기가 어려웠다. 체육은 3년 내내 어떠한 수업에도 참여하지 못했다. 나를 이해하는 교사를 만나면 대체 과제를 받았고, 그렇지 않으면 비장애학생과 똑같은 기준으로 평가받아야 했다.

덕분에 1이 늘어선 내 생기부에는 뜬금없이 5나 9 같은 숫자가 끼어있곤 했다. '학종'이라고 불리는 학생부종합전형에서는 주요 과목 성적 이외에도 세부 능력 및 특기 사항 기록이 평가에 반영되는 것으로 알려져 있다. 장애학생에 대한 제대로 된 평가 기준마저 마련되어있지 않은 상황에서 그 점수가 입시에 반영될 수도 있다는 가능성은 큰 불안감을 불러일으켰다.

'장애가 있음'을 표기해야 했던 입학 원서 양식도 그중 하나였다. 고려대학교 일반전형 원서를 접수하는 날이었다. 서울대학교와 연세대학교 일반전형 원서에서는 보지 못한 항목, 장애 유형을 체크하는 칸이 있었다. 경증인지 중증인지, 어떤 장애 유형인지까지 말이다.

덜컥 겁이 났다. 그러지 않을 걸 알면서도 혹시 이것 때문에 불합격하진 않을까 하는 생각이 들었다. 실제로 2018년 진주교대에서 중증장애학생의 점수를 하향 조작해 불합격시킨 사례가 있었다. 있어서는 안 될 일이었지만, 나의 정체성만으로 대학 진학이 좌절될 수 있다는 것이, 또한 불과 몇 년 전에 그런 사례가 있었다는 사실이 입시를 불안하게 만들었다.

이후 불안한 마음에 사실 확인을 거쳐보니 그 표기 항목은 입시 과정에서 필요한 지원을 하기 위해 마련한 것이었다.

나 역시 무리 없이 고려대학교 일반 전형 수시 1차에 합격했다. 기우인 것이 밝혀졌음에도, 버튼을 누를 때의 복잡한 마음을 기억한다. 정보가 미리 제공되어 있고 장애 학생이 부당한 대우를 받았던 입시 사례가 없었더라면 불안하지 않을 수 있었겠지만, 내 상황은 그렇지 못했다.(그리고 1차 합격 이후 면접 당일이 될 때까지 고려대학교로부터 나의 장애와 관련한 어떤 문의나 안내도 받지 못했다. 면접장에 가지 않아서 현장의 상황까진 파악하지 못했지만, 그 표기 버튼은 정말 효용이 있는 항목일까?)

수능을 볼 때도 마찬가지였다. 나는 3년 내내 같은 반 아이들과 함께 모의고사를 봤는데, 비장애학생과 같은 방식으로 수능에 지원하면 시험장이 근처에 있는 고등학교로 배정될 확률이 높았다. 한 학년 높았던 특수반 선배는 이렇게 수능에 응시했다. 하지만 나는 만약 그렇게 된다면 엘리베이터가 없는 학교에 배정될 수도 있고, 화장실을 이용할 수 없을지도 모르고, 교실 한가운데에 자리가 배정되기라도 하면 휠체어를 타고 들어갈 수도 없을 것이었다. 어쩔 수 없이 장애인 수험생 편의 제공을 신청해야 했다.

이 경우 사는 곳에서 그나마 가까운 특수학교에 수능장이 배정되고 시험 시간이 1.5배 연장된다. 시험 시간이 길면 좋지 않냐는 생각을 할 수도 있다. 그러나 수험생들은 생체리듬을 수능에 맞추고 최대한 같은 환경에서 응시하는 연습을 반복한다. 이 리듬에 맞춰 페이스를 조절하는 것 자체가 수험생에겐 예민한 문제다.

나 역시 3년 내내 같은 제한 시간에 맞춰 시험을 봤기 때문에 모의고사 때와 다른 시간대에 시험을 본다는 게 걱정이었다. 국어를 두 시간, 수학을 두 시간 반 보는 수능은 끔찍했다. 영어를 풀 즈음엔 집중력을 끌어모으느라 온갖 애를 써야 했다. 서울대학교 정시전형에 지원할 생각이라 제2외국어까지 봐야 했는데, 창밖은 이미 어두워져 있었다.

아침 8시 40분에 시작한 내 수능은 저녁 8시 25분에야 막을 내렸다. 아랍어 OMR 카드를 작성할 즈음에는 골반, 무릎, 발목이 아프다 못해 마비된 듯 감각이 없었다. 장애 유형에 따라 필요한 학생에게는 시험 시간을 연장하는 게 맞다. 마찬가지로 장애 유형에 따라 그와 다른 편의 제공 역시 필요함에도 뭉툭하게 퉁쳐버리는 제도 속에서 입시를 치렀다.

나의 몸과 상황은 전혀 전제되지 않는 교육 환경과 입시를 거쳐 대학에 왔다. 대학에 오는 일도 수월하지만은 않았다. 다른 학생들은 학교와 과를 고민할 때 나는 캠퍼스를 누빌 수 있을지를 고민했다. 현미는 그냥 집 근처 평지에 있는 대학교에 가면 안 되겠냐고 했다. 서울대에 지원하지 말고 다른 학교에 가라니, 다른 사람이 들으면 이게 무슨 소리인가 싶겠지만 우리에겐 정말 가장 큰 고민이었다. 내 생애 현미와 가장 많이 싸운 시기였다. 주변에서는 대학에 다니다가 도저히 학교생활을 이어갈 수 없어 그만둔 장애학생들의 이야기가 들려왔고, 그것은 현미를 더욱 불안하게 했다.

현미와의 오랜 싸움 끝에 서울대학교 사회학과에 입학했다. 학교 이외의 사회에서 혼자 움직이기 시작한 것은 스무 살이 처음이었다. 혼자 타는 지하철, 보호자 없이 떠나는 여행 등처음인 것들이 너무 많았다. 그리고 세상이 나의 존재를 지우고 있다는 것을 더욱 절실히 깨달았다. 혼자 바깥에 나간 날이면 무엇을 먹을지도 쉽게 정할 수 없었다. 누군가 식당 문을 열어줄 때까지 기다리거나 가고 싶었던 식당 앞까지 가서도 들어가지 못하는 일이 생겼다. 작은 턱이나 당겨야만 열리는 문때문이었다. 화장실을 찾아 헤매는 경우가 늘어났다. 휠체어가들어갈 수 있는 화장실을 갖춘 공간이 거의 없기 때문이다. 다리를 배배 꼬고 엉덩이를 들썩거리면서 소변을 참는 날이 늘었다. 덕분에 지금까지 방광염을 달고 산다.

유례없는 온라인 대학 생활도 다른 차원의 고민을 만들었다. '코로나 학번'으로 더 자주 불리는 20학번인 나는 졸업식도 입학식도 없이 대학생이 됐다. 늘 휠체어와 함께하기에 장애를 숨길 수 있다는 생각은 해보지도 않았는데, 장애를 '고백'해야 하는 순간이 찾아왔다. 작은 액정 속에서만 서로를 소개하다가 오프라인에서 만나기라도 하는 날이면 모든 걸 처음부터 설명해야 했다. 내 모습이라고는 얼굴밖에 보이지 않는 상황에서 사람들은 나를 장애인이라고 생각하지 않았다. 나는 무슨 복면가왕이라도 된 것마냥 한 학기 내내 팀플을 함께 해놓고 뒷풀이 이야기가 나올 때에야 "짠, 사실 휠체어를 타고 있었습니다!" 따위의 소개를 했다.

약속을 정할 때도 마찬가지였다. 새내기 때는 '밥약'을 걸어서 선배들에게 밥 한 끼씩 얻어먹는 일을 많이들 했는데, 휠체어를 타고 들어갈 수 있는 식당이 대학가에 거의 존재하지 않는다는 것을 처음 알았다. 고르고 골라서 갔던 식당도 너무 좁거나 작은 턱이 있어서 돌아서야 하는 일이 생겼다. 그래서 장소를 내가 고르길 자처했지만, 이것 역시 큰 부담이 아닐 수 없었다.

캠퍼스를 누볐다면 더 큰 문제들에 봉착했을 텐데 다행인지 불행인지 입학 이후 대면 수업이 진행된 적은 없어서 강의실 한 번 들어가 보지 못하고 고학번이 됐다. 다만 몇 번 시험을 보려고 갔던 학교에서 내가 열 수 없는 문과 갈 수 없는 길을 마주치며, 졸업 때까지 대면 수업이 없기를 바랐을 뿐이다.

물론 그렇다고 해서 성인이 되고 나서의 생활이 좌절과 실패로 점철되었다는 말은 아니다. 나는 부딪친 만큼 또 많은 사람을 만났다. 자신이 모르는 세상이 있을지도 모른다는 전제를 받아들일 줄 아는 사람들이었다. '함께 살아가는' 세상을 상상할 줄 아는 사람들이기도 했다. 그 사람들과 함께 여러 반짝이는 순간을 만났다.

'누구든지 선호와 취향만으로 식당을 선택할 수 있도록' 하자는 일념으로 학과 친구와 함께 만든 '서배공(서울대학교 배리어프리 보장을 위한 공동행동)'이라는 단체에서의 학외 대응 사업이 떠오른다. 시간을 오래 들여 직접 가게를 찾아보거나, 찾아보더라도 보이지 않는 문턱에 가게 앞까지 갔다가 돌아가는 일이 없도록 정보를 제공하는 일이 필요하다고 생각했다.

정보를 모아보니, 애초에 들어갈 수 있는 식당이 터무니없이 적다는 것도 알게 되었다. 지도를 만들고 경사로를 설치하기로 했다. 단체 구성원들과 함께 줄자를 들고 대학가를 누볐다. 우리는 서울관광재단과 제휴해 점주가 경사로 설치를 원하면 공사비의 98퍼센트를 지원하는 프로젝트를 소개했다. 경사로를 설치할 만한 공간이 있는 식당을 찾아다니며 점주들에게 경사로 설치를 권유했지만, 공사에 필요한 인력과 비용을 모두 지원한다고 설명해도 문전박대당할 때가 많았다.

처음 얻어낸 성과는 다섯 군데뿐이었다. 이것마저 건물주가 경사로 설치를 허락하지 않아 무산되었다. 하지만 포기하지 않고 다시 처음부터 시작하기로 했다. 관악구장애인종합복지관과 긴밀히 협력하기를 약속하고, 경사로 설치비를 다시 마련했다. 다시 한번 하나하나 가게를 찾아가 인사를 나누고 대화를 이어가면서 우리의 뜻에 공감하는 업주들을 찾기 시작했다.

덕분에 서울대학교 인근 30곳이 넘는 가게에 경사로가 설치되었다. 더불어 가게 앞까지 갔다가 돌아가는 일이 일어나지 않도록 경사로의 유무는 물론이고 식당 내부의 넓이, 계산대 앞의 공간과 문의 폭까지 기록해둔 지도인 '샤로잡을지도'를 만들었다. 이 지도는 국회와 학교 도서관에 전시되기도 했다.

나의 소중한 공동체, 사회학과 '악반惡班'에서 '당연한 내 자리'를 찾는 경험도 했다.

"행사 진행 시 고려해야 할 신체적 특성이나 식이 지향 등의 사항이 있을까요?"

새내기 안내 전화를 받았을 때 내게 닿은 질문이었다. 이것이 나와 이상한 공동체, 악반의 첫 만남이었다. 장애를 언제 밝혀야 할지 망설이고 있던 나는 "네, 제가 휠체어를 타고 있어서요. 행사 장소에 휠체어가 들어갈 수 있으면 좋겠어요"라고 대답했다. 자연스레 장애를 밝히고 필요한 것을 요구할 수 있도록 질문을 마련해둔 것이 인상 깊었다. 이후 입학 안내와 함께 받아든 자료집에는 다섯 문장의 내규가 적혀있었다.

그중 하나가 눈에 들어왔다. '사회적 소수자에 대한 차별과 배제 없는 공동체를 만들자.' 이 공동체에서의 학과 생활이 마냥 두렵지는 않을 것임을 직감할 수 있었다. 나와 다른 이를 있는 그대로 받아들일 줄 알고, 다양한 이들과의 미래를 상상하는 사람들의 태도는 그 자체로 안전함을 선사하니까.

한번은 학과의 큰 행사에 참여할 기회가 있었는데, 행사가 끝나고 뒤풀이에 올 거냐는 질문을 받았다. 1년 동안 학교 생활을 하면서 일단 장소를 들어본 뒤 내가 갈 수 없는 곳이라고 판단되면 "안 될 것 같아요. 시간이 없어서요"라고 대답하는 것을 체화하고 있을 즈음이었다. 내가 망설이자 다시 한번 그가 말했다.

"휠체어도 들어갈 수 있는 식당이고요, 비건 메뉴도 있어요."

학교 주변에서 엘리베이터가 있는 식당을 찾기는 정말 힘들기에, 게다가 비건 메뉴와 다인원 수용이 가능하다는 옵션을 모두 포함하는 장소를 찾는 일은 극악의 확률임을 알기에 놀랄 수밖에 없었다. 행사 참여자 중 휠체어를 탄 사람은 나밖에 없어서 내 참여가 확정되지 않은 상황이었는데도 기본적으로 그런 식당을 섭외해두었다는 것도 놀라웠다.

　너무나 당연한 일. 가고 싶을 때 가고, 가고 싶지 않을 때 가지 않는 것은 내게 당연한 일이 아니었는데, 그 순간 내게도 가능한 일임을 깨달았다. 함께하려면 뭔가 '더' 해야 하는 부담스러운 사람이 아니라 자연스러운 사람으로 존재할 수 있는 순간이었다. 세상의 많은 것이, '더' 준비해야 하는 것이 아닌 이제까지 '덜' 준비해왔던 일인 것이다. 우리가 해야 할 것은 그 '덜'들을 찾아 모두가 당연한 자리를 누릴 수 있도록 보충하는 일이다.

　여전히 많은 것이 달라지지 않았고, 책임을 져야 할 사회는 조용한데 열의가 있는 개인만이 고군분투하는 상황이 반복되고 있다. 몇몇이 줄자를 들고 다니는 것이 아니라 모든 건물에 경사로가 있어야 한다. 회식 장소를 찾으려고 근처의 모든 식당을 돌아다니는 것이 아니라 모두에게 적합한 식당이 존재해야 하는 것이다.

　사회가 '덜' 준비해온 것들 탓에 같은 문제에 부딪히는 개인이 각자의 시간과 노력을 쏟아부어 장벽을 넘어야 한다는 사실이, 언제까지 이렇게 애써야 할지 끝을 알 수 없다는 사실이 답답할 때가 있다. 그럼에도 나와 같거나 다른 삶을 살아오던 이들이 함께 틈새를 발견해내는 감각을 갖게 되는 순간을,

그래서 아주 미세하게나마 '덜' 들이 서서히 메꿔지는 때를, 그 속에서 다시 피어나는 우리의 이야기를 기억하기에 또 행동하기를 감행한다. 한번 알고 나면 다시는 전으로 돌아갈 수 없다. 당연하게 내가 여기 있어야 하는 이 감각을 더 많은 사람이 느꼈으면 한다.

# 하고 싶은 말이 많고요, 구릅니다

**1판 1쇄 발행일** 2022년 6월 27일
**1판 2쇄 발행일** 2023년 6월 19일

**지은이** 김지우

**발행인** 김학원
**발행처** (주)휴머니스트출판그룹
**출판등록** 제313-2007-000007호(2007년 1월 5일)
**주소** (03991) 서울시 마포구 동교로23길 76(연남동)
**전화** 02-335-4422 **팩스** 02-334-3427
**저자·독자 서비스** humanist@humanistbooks.com
**홈페이지** www.humanistbooks.com
**유튜브** youtube.com/user/humanistma **포스트** post.naver.com/hmcv
**페이스북** facebook.com/hmcv2001 **인스타그램** @humanist_insta

**편집주간** 황서현 **편집** 김나윤 임미영 **디자인** 유주현
**용지** 화인페이퍼 **인쇄·제본** 정민문화사

ISBN 979-11-6080-420-1 03810